INK INK INK INK INK INK

It Never Rains in Paradise

樂園不下雨

李黎／著

樂園不下雨

目次

第一章……005
第二章……023
第三章……047
第四章……065
第五章……083
第六章……103
第七章……123

第八章……141
第九章……155
第十章……109
第十一章……181
第十二章……191
其後……217

附錄
文學途上，離家與歸鄉——駱以軍對談李黎……225

第一章

Welcome to San Francisco.

走出機艙外的甬道，陸喬一抬頭就看見這一行字：歡迎來到舊金山。幾乎就是同一時刻，他聞見空氣中的一種氣味——

美國的氣味。不用辨識，他知道。這是屬於童年那段時光的，像一個魔術箱子被呀的一下打開了一條縫，如果他要，那些模糊的、清晰的，有關那段日子的點點滴滴記憶，就會乘著這股氣味泉湧而出。

才只不過十來個小時之前吧，那一場接一場的虛驚與混亂：臨出門之際，機票和護照先後神祕失蹤又神祕復出。去機場一路上暗暗擔心，萬一媽媽情緒失控怎麼應付。進關前媽媽出乎意外的冷靜，反又令他感到若有所失。獨自走向登機門時，有極短的一剎那，像驀然踩空腳步似的一陣驚惶……這一切好像都已經很遙遠了。

中午十二點半由桃園機場起飛，飛行時間預計十一個半小時；空服員用三種語言宣佈到達舊金山的時間，竟是當天早晨九點十五分！瞄一眼手錶，上面顯示的數目字「12:16」對他疲憊混亂的腦袋，實在很難具有任何報時的意義。

他忽然想到科幻漫畫書裡的時間機器：這班飛機，不就是讓時光倒流的時間機器嗎？

如果只憑著匆匆一眼的印象，人們很可能把陸喬的年紀多估上兩歲。他的身高超過大多數同年齡的男孩；剪著時下流行的中分短髮，眉毛卻比髮色還濃黑；最給人老成錯覺的是他的嘴唇：孩子氣的嘴多半是閉不攏或關不緊的，而他密闔的雙唇，就像是在一個成熟得多的意志力控制之下的。

然而多觀察一陣就會看出來：他的眼睛雖然不輕易流露情緒而顯得沉著，但眼神裡的那份清澈洩露了他的年紀。還有他行走顧盼之際顯出的生澀的好奇，卻又帶點遲疑與些許莽撞；這些都在告訴人：這個少年是頭一回單獨出門。

取了行李——兩件不算太大的皮箱，加上隨身的這隻背包，就這麼多了。媽媽說她當年來美國留學，不知道要待上幾年，也不過兩口箱子；陸喬只是「回」他的「另一個家」，沒有需要帶更多東西了。而且就算缺什麼，爸爸可以替他添購；青少年穿的用的，很多從台灣帶到美國並不適用，有些在美國買反而便宜……。反正這些全是媽媽的自說自話。從決定了他的行程開始，媽媽多半就是在自說自話，他已經懶得回嘴了——最重大的決定都聽她的了，還剩下什麼大不了的事要去跟她爭辯呢。

過關的時候陸喬才真的感到緊張：總算要面對一個口試了。然而出乎他意料之外的，那東方面孔的關員問的話他全聽得懂，並且除了回答yes和no之外，他竟能很自然地說出更艱深一點的單字——甚至句子——來。他還來不及想這是不是多虧得媽媽幾天來給他的惡補排練，還是一來到這裡他往日的語言記憶就立刻回來了，那官員已經「怕」一聲在他護照上蓋了章，然後把護照朝前一推，朗聲說：

「Welcome to United States!」

陸喬當然也聽懂了這句話。然而他很懷疑：此刻站在外面等著他的人，會對他說這句話——無論是用英文還是中文，說出口還是說在心裡。

媽媽不久前曾問過他：「你還記得爸爸的樣子嗎？」他沒多想便聳聳肩，

隨口說：「當然。」

可是再認眞想想，記憶中爸爸的容貌卻愈想愈模糊，好像水中晃盪的倒影：才彷彿瞥見一個輪廓，立刻就溶漾開了，怎麼也無法聚攏成一個清晰具體的面孔。他當然不肯改口承認；趁媽媽出門時，才把抽屜深處亂七八糟的破紙條舊照片翻搜一通，找到一張三人的合照。照片上沒有日期，根據自己那付乳臭未乾的模樣推測，大概是剛上小學不久——那就是將近十年前了！然後他倒抽了口氣：照片裡媽媽的臉顯得多麼明亮、光滑，似乎有一種鮮艷的光澤……總之跟現在很不一樣。奇怪的是這些年天天看她，並不覺得她有什麼改變，直到有了一張舊照片作對比，他才醒悟既然自己變了那麼多，其他人怎麼可能永遠一樣呢。

至於那個爸爸——照片裡的男人站在他和媽媽的後方，卻半偏過臉不完全正面朝鏡頭。這倒是個似曾熟悉的角度：爸爸不喜歡正面對著人，記憶中好像從來不曾直視過他的眼睛。難怪印象中爸爸的容貌總是模糊不清的。

自動門朝兩側滑開，滿廳的臉和目光都對著陸喬這個方向。他在等候的人叢中找尋照片裡那張半偏側著的臉。

父親顯得專心一志地開著車，這樣就可以不需要跟兒子說太多話。可以說的在初見面的幾分鐘裡都說得差不多了：飛機還算準時啊，累不累，噯，長得好高了，平常打籃球嗎，飛機上吃了睡了嗎，媽媽還好吧，台北很熱吧……。陸喬的答話就更簡潔了。

直到坐上車，陸喬才顯現一些說話的興趣，主動問起關於這輛車的年份、型號、性能種種。這下就換作爸爸簡短作答了，因爲車子對於他只是一架實用器具，能用就好，實在很難渲染成爲一個閒聊天的話題。平時跟熟人閒聊天都會感到吃力，何況是跟一個十五六歲的陌生孩子——七年多沒見面，卻怎樣也沒料到這個「孩子」竟比自己還高出兩三吋，這份震驚帶來的陌生感一下很不容易調適。

陸喬偷偷睨視開著車的爸爸的側影，很難想像身邊這個男人就是舊照片裡的那張臉——當然不全是因爲這個人頭髮稀薄得多。然而他也並不感到特別生疏的不安。很奇怪的，上飛機以後一路上的那種緊張，不知不覺間就漸漸消失了。

八月的陽光，在這裡竟然一點也不毒辣。車子在高速公路上平穩地走了很久，既沒有塞車也沒有起伏轉折。從機場往南開回家要將近一小時，陸喬起初還帶點好奇地眺望車窗外的景色，過不多久就覺得有點昏昏欲睡了。

「妳說我小的時候曾經帶我來過舊金山，爲什麼我一點印象也沒有？妳說就是我們離開紐澤西要回台灣之前，經過加州停了幾天。我只記得我們去了洛杉磯，到迪士尼樂園玩了一天。我也記得妳說過，那是給爸爸的最後一個機會。結果他還是沒有來加州找我們。現在，卻是我來加州找他……

「妳爲什麼要這樣做？」

陸喬走進屋子的第一刻，感覺到的還是氣味：機場的「美國氣味」在這裡是稀薄到幾乎沒有了；然而更不是這些年在台灣熟聞的氣息。空氣裡摻雜了一些像是更陳舊的、卻又有一些似乎很新鮮的東西……極短暫的幾秒鐘裡，他對這房子的第一嗅覺印象是完全說不上來的陌生。

視覺的印象就更沒有任何熟悉之感了。或許是常常回想的緣故，他對童年紐澤西的家記憶非常清晰：前門、客廳、家庭間、地下室、廚房、臥室、後院——尤其是後院裡的游泳池……在想像中他一次又一次穿過那些門戶走過那些房間，也許時間久了想像得多了，不免會摻進一些虛構的、甚至夢裡的景象，誰知道呢。但那幢房子確確實實是存在過的——極可能仍然那樣存在著，他隨時可以像從衣服口袋裡掏出一張照片般的，從腦海裡抽出一個圖像來回想，或者像此刻這樣，對比。對比之下，沒有任何視覺上熟悉的景像……

爸爸在門廳站住了，他也只好站住，不知道下一步該朝哪裡走。

一個中等個子、短頭髮戴眼鏡的女人迎了過來。陸喬知道她一定就是周虹英，爸爸現在的太太。他趁著她先朝爸爸看的那一瞬間使勁注視她一眼，只覺得她比媽媽年輕很多，可是究竟年輕多少他又沒概念。他慣常用來猜測成年人的一些標準，一時似乎很難用在這個女人身上。她過來得有點太急促，上身微微前傾，雖然臉上帶著笑，陸喬還是本能地後退半步。

身旁的爸爸清清喉嚨：「喬喬，這是……叫『阿姨』！」

陸喬記得媽媽的囑咐，立即半點頭半鞠躬同時清晰地說：「阿姨妳好。」

忽然之間，三個人都像鬆了一大口氣。

「爸爸的家不大，可是好像空空的——」

（不要說「爸爸的家」。從現在起，那裡就是你的家了。）

「比起以前我們在紐澤西的家小多了。」

（那是因爲以前的你好小，感覺上每樣東西都顯得比較大。說不定現在回去看會嚇一跳呢。）

「而且沒有地下室。我以爲美國的房子都有地下室的。」

（加州的房子多半沒有。那裡不下雪，也很少下雨，房子的構造跟東部的不太一樣。）

「也沒有游泳池。妳記得我們在紐——」

（喬喬，我不是送你去回到過去的。）

沒想到這裡的天黑得這麼晚。陸喬看看窗外長日的餘光，再看看時間還沒有改過來的手錶，那時光機器的聯想又來了。這眞是一個有生以來最長的一日。他簡直有些懷疑，這一天還會不會有結束的一刻。床上兩口打開的箱子，靜靜散發著自己的衣物、自己的家中的氣味，閉上眼睛他會以爲哪裡也沒去，只不過做了一個搭乘時光機器的夢。

發怔了半晌，他才懶洋洋地開始清理箱子：把媽媽替他折得整整齊齊的衣褲一疊一疊塞進衣櫥抽屜裡，塞不進的只好抖開掛起來；至於一時無法決定去處的，就胡亂堆在床頭。現在他一點睡意都還沒有，正好可以有一段時間，讓這顯然是全新的枕套沾些他自己的氣味。他怎麼能夠靠在一個氣味陌生的枕頭上睡覺呢。

皮箱底層臥著一個小小的照相框。陸喬拿起來看了看，照片裡媽媽的臉有些模糊不清，這才發覺天色終於暗下去了。他扭亮書桌上的檯燈，把相框立在燈下。然後，從背包裡取出「隨身聽」和存放CD的軟篋子，選了一張珠兒的專輯，掛上耳機——

世界在傾刻之間就不一樣了，不是現在也不是過去或未來，只是另外一個地方，一個與這一切都不相干的地方；在那裡，每個人每樣東西都飄飄浮浮的沒有具體形狀……像歌聲。

往常總嫌暑假過去得太快，可是這個夏天的最後一截尾巴拖得太長了，就像剛來的那天那樣，感覺上好像永遠不會完似的。其實在開學之前要做的準備工作還很多，陸喬也知道自己並沒有準備充份，尤其是英文；可是每天在這幢仍然陌生的房子裡，他有一種被困的、甚至像彈盡援絕的挫折感。

雖然晝夜時差調整過來了，他還是很難在午夜之前入睡。爸爸勸告過他：要準備適應開學以後的時間表，早睡早起很重要……可是毫無睡意地躺在黑暗中的床上真是一種折磨。尤其這裡的夜晚，九、十點鐘之後就安靜得出奇，像是全世界的人都故意閉住了氣不出聲，有時他簡直要懷疑是不是自己突然之間變成聾子了。

他不記得美國竟是這麼安靜的。

早上醒來，周遭依然一片寂靜，那是因爲爸爸和阿姨早已上班去了。他獨自在屋裡走動時，有時會生起一種幻覺，好像並不只是他一個人，另外還有一個、甚至更多個隱形或躲藏著的活物，在某一個角落屏息窺視著他。他明知這個想法有多幼稚可笑，可是一個人忽然間被空投進一幢陌生的房子，是會忍不住胡思亂想的。

每天起床之後，陸喬從他的臥房到走廊、爸爸的書房、客飯廳、家庭間、廚房、車庫，一個房間接一個房間地瀏覽過去：從家具到牆壁，從櫥櫃到冰箱——唯有主臥房例外，他只是很快地轉了一圈就退出來，沒有細看更不曾翻動什麼。他並非對那間房缺乏好奇心，可是一種說不出的不自在的感覺，令他不想在那間房裡多停留。

其實他並不知道自己在找什麼。不過自從在爸爸書房角落的架子上，發現一張自己小時候的照片，就好像找到了一點什麼；因而下意識地想再尋獲一些別的。但他不久就厭倦了這種巡視，因爲這屋子裡再沒有其他任何與他有關的、或者足以引起他任何親切聯想的東西。

最後他得到一個結論：住在這裡的兩個人——他當然沒有把自己算在內，除了日常生活上基本必備的家具和用品之外，對於裝飾性、趣味性或遊樂性質的東西（除了電視）幾乎一概沒有興趣；連書和雜誌都不多。他這才明白一進門那份陌生之感從何而來了：這個地方，完全不像是他觀念中的「家」。

他和媽媽的家剛好相反：到處是瑣瑣碎碎的小擺設、紀念品，一些來歷與用途皆不明、但看著都很順眼的小物件，以及無所不在的書報雜誌——媽媽是一家財經出版社的編輯和翻譯，可是三天兩頭帶回家的，卻多半並不是她工作範圍之內的讀物。縱使如此，家中某種秩序還是保持得很好，並不令人感到雜亂或擁擠；應用的物件也很少會被淹沒找不到。紐澤西的舊家，在陸喬記憶中也是那樣的，閉起眼睛來都可以感覺到物件的體積、氣息，令他感到安全；房間裡東西多了，就有一種溫暖的氣氛。

可是那麼多東西都到哪裡去了？媽媽和他帶不走，爸爸難道一件都沒有留下嗎？顯然是沒有。除非被爸爸藏了起來——但那是沒有可能的，這屋子大概沒有祕密的儲藏室，而他的爸爸更不像是會做那種羅曼蒂克傻事的人。

困在一幢感覺上是半空的房子裡，除了胡思亂想沒有太多別的事可做，媽媽的電話變成陸喬最盼望的節目。可是問來問去都是些差不多同樣的話，多叮囑兩句他又會不耐煩；他一顯得不耐煩媽媽就識趣地儘快結束對話。然而掛上電話不多久，他就會很想再打回去給她，可是他知道不能這麼做：媽媽一定會感到奇怪而不放心。他更清楚，在這個家裡，他是不能隨時拿起電話就撥國際長途的。

他給幾個老同學寫信，可多半是白寫，那些傢伙一個比一個懶，打電話聊天很帶勁，下筆寫回信就難說了。他很訝異面對面溝通跟寫字會有這麼大的區別，以前怎麼從來不曾發現？

還有當然就是寫信給媽媽。他漸漸養成習慣，想到什麼事就當作信寫下來；但寫了幾段就塞進抽屜裡，跟媽媽的相框疊在一處，並不打算馬上寄出去。對媽媽有些話寫在信裡比較容易，當面講出來卻很難，甚至通過電話也不好講。其實也不是什麼說不得的話，多半只是一些比較不容易說清楚的想法，比如像對這個新家不習慣的感覺，或者實在無聊得要命的時候那種煩悶……可是到了電話裡都變成「還好啦」、「不錯啦」、「可以啦」這種自己聽起來都像在消極怠工的廢話。

爸爸帶他去買了一輛腳踏車，鐵灰色的，樣式極簡單。車是爸爸挑的，不出陸喬所料，一點款型都沒有，輪胎粗粗笨笨座墊四平八穩，兩百公斤的胖子大概也騎不垮。但他知道爸爸選腳踏車就跟選汽車的原則一樣，所以問他意見時只好聳聳肩說：「可以啦。」

他認熟了上學的路，騎車去了幾趟學校。在這個連買一罐可樂都得開車出門的住宅區裡，陸喬變成了一個喪失自主行動的幼兒。自從有了腳踏車，「練習騎車去學校」就成爲他獨自外出最充份的理由了。在短暫的喪失行動能力之後，他才體會到可以自由自主的感覺有多棒——即使只是極有限度的行動。

上學的路有一段斜坡，騎車頗爲吃力；他還發現了一條沒有鋪柏油的捷徑，可以省時但有些顛簸；這才發覺這輛輪胎粗粗小小的腳踏車非常實用。八月底的太陽很溫和，但騎了十幾分鐘之後，渾身就均勻地冒出汗來了，這時加速往前踩，陣陣微風拂過發熱的臉頰，令他感到非常舒服。

當他雙手握著車把前進時，也幻想過握著的是汽車的方向盤，但心底很明白：學會開車、考上駕駛執照、擁有自己的車……是一道道不知如何跨越的關卡，甚至是通往天堂的天梯。至於想開車走在這條路上，根本是做夢吧。爸爸的口氣很清楚的表明了：這輛「全新而耐用」的腳踏車，就是他今後高中三年裡的交通工具了。

暑假期間的學校大概全世界都一樣：明明是該裝滿了人和聲音的地方，卻空空的像連空氣都放掉似的，給人一種怪怪的感覺。陸喬卻很慶幸可以在開學之前空無一人的時候來，像個隱形人似的，無拘無束地觀察周遭環境：一幢幢標幟著英文字母和數目字的平房教室、體育館、圖書館、足球場、辦公室……還有一條長廊，兩側牆上釘滿了給學生存放書包雜物的鐵櫃，就跟電影上看到的一樣。

開學前不久有一天夜裡，陸喬夢見自己走在那條長廊上，忽然四面八方湧來滾滾洪水，傾刻之間，長廊就變成了一條陌生的河流。他在河水裡吃力地游著，同時找尋屬於他的櫃子：他所有最重要最心愛的東西都在那裡面。可是他不記得自己櫃子的號碼，也不知道怎麼打開鎖……

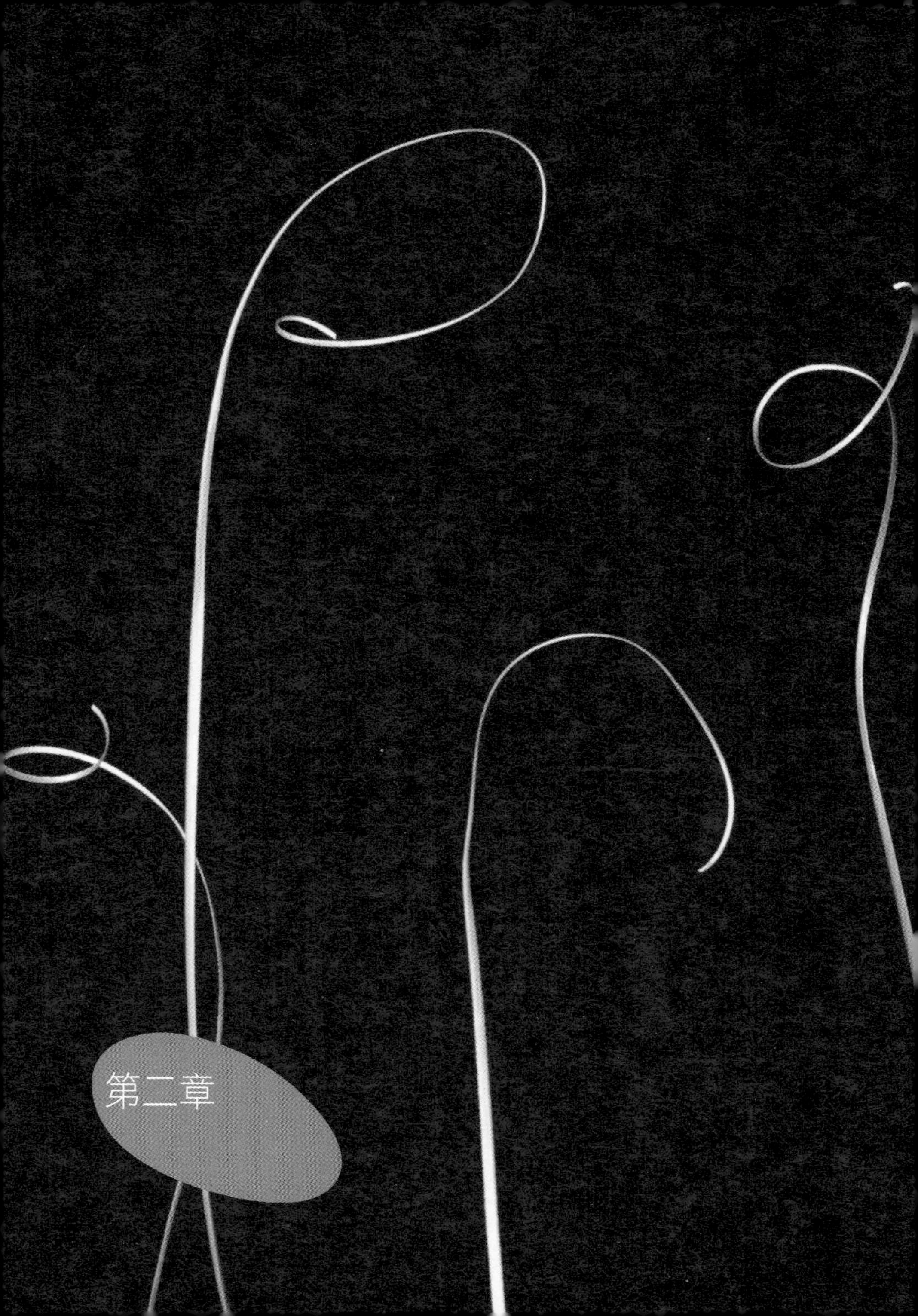

第二章

其後很長的一段時間裡，有幾次當陸喬站在自己的鐵櫃前面，會突然之間想到那場夢境、夢裡出奇地鮮明的焦慮感。其實他從很小就學會游泳了，對水並無畏懼；可是在那一瞬間，在一片夢中的河水裡，他竟然感到恐慌……那個夢境裡的瞬間，像一個有獨立意志的存在，常在他未曾料到的時刻，因著無法解釋的某種觸動，就從記憶裡跳出來，提醒他那股莫名的、卻是鮮明無比的，焦慮與惶恐。

後來他也曾想過：這會不會是一種預言的暗示呢——就在這條長廊上，他第一次見到米謝兒。

這裡的高中像大學，學生沒有固定教室，每堂課都得在不同的教室之間疲於奔命，所以貯物櫃是必要的設施。上課前和放學後的十分鐘、還有午休時間，是長廊最擁擠忙碌的時段——幾乎每個學生都在這些時段使用自己的貯物櫃。開學第一天的中午，陸喬在周遭笑語聲浪和乒乒乓乓開關鐵櫃門的噪音中，找到了屬於自己的櫃子，並且背熟了號碼鎖的使用程序。可是到了第二天放學的時候，連著兩天下來的緊張疲倦使得他頭昏腦脹，站在櫃子前面，竟有幾秒鐘之久腦中空白一片。

就在這時候，近旁的足球場忽然平地一聲雷般爆起響亮昂揚的進行曲，他本能地轉頭朝向那音樂來自的方向，卻只轉一半就停住了——他的視線被一個身形凝固了。從長廊的那端走來一個女孩，她現身之際正緊接在嘹亮的樂聲響起之後，而她的裝束、她一路行來君臨般的優雅從容，竟使得那段驚雷也似的樂曲像是專爲著宣告她的出現而響起的。她身穿校隊紅白相間、緊身短裙的啦啦隊員制服，修長的雙腿踩出的步伐恰合樂聲的節奏，以致那數十人的樂隊聽起來就像在爲她一人演奏。

有極短的一剎那，陸喬幾乎以爲這位皇后般的女孩是朝向他走過來的——其實也差不多，她來到離他不遠的櫃子前面停步，熟練地打開櫃門取出背包，關上門，轉身離去……陸喬的眼光沒有從她身上移開過。待她消失不見了，他才算出她的櫃子跟自己的中間只隔四個人的。

不知又站了多久，陸喬終於記起櫃門鎖的密碼。他這才感到周遭安靜了下來：樂隊的演奏停止了。

隨後的幾天裡，陸喬幾乎每天在走廊上與她打一次照面，偶爾也會在校園裡或遠或近地看到她。雖然她穿的不再是第一次看見的那身緊俏搶眼的啦啦隊制服，他卻能遠遠一眼就認出她來。起初陸喬不知道她的名字，只在心裡偷偷稱她「那個混血美女」。

那個混血美女的體型，兼有西方人的修長高挑和東方人的纖細苗條。膚色是西方的，柔和細膩的膚質卻是東方的。她有西式的高而窄的鼻梁，中式的圓潤小巧的嘴唇；至於她立體的橢圓臉型、睫毛濃密而尾梢微微拉長上揚的眼睛和淺褐色的披肩直髮，卻是歐亞特色的均勻調和。陸喬不記得在紐澤西上小學時有沒有混血兒同學，即使有過也沒印象了，她是他第一個眞正注意到的混血兒——他生平第一次注意到：兩個截然不同的人種特質，竟然可以在一個女孩的身上混合得這樣恰到好處。

她必是從小就自覺到自己的美貌，因而總是理所當然似地矜持冷漠，這使得她在一群嬉哈笑鬧的女生中格外出色顯眼。至於她那份目中無人的高傲，對陸喬倒形成一種方便：他可以頻頻注視她而不必耽心被她發現，因而才能將她看得那麼仔細。

不用多久，陸喬就由別人喚她而得知她的名字：米謝兒。從此他由衷認定，米謝兒是個最美麗的名字，配她再適合也沒有了。

騎車回家的路上，盤旋在他腦中的是一天下來的幾堂課、明天要溫習的化學題、後天要交的數學作業……還有米謝兒。早晨上學的路上，他告訴自己：今天見到她一定要很自然地說聲「嗨！」，跟別的同學一樣，然後說：我是Joe，妳呢？

當然他沒有膽量這麼做。他很清楚：米謝兒就如同一輛屬於自己的汽車一樣的遙不可及。

周虹英的工作需要不斷與紐約總公司保持聯絡，爲了配合三小時的時差，她的上班時間是早晨七點到下午三點，所以常跟陸喬差不多的時候回到家。她同樣是個不多話的人，而且也不大知道該怎麼跟一個十來歲的男孩聊天。雖然晚飯前有兩三小時兩人同在一幢屋裡，卻是各行其是互不相擾。

「那個周阿姨長什麼樣？好看嗎？」媽媽在電話裡問過他。陸喬感到有些好笑也有些微反感：他總以爲媽媽跟別的女人不同，不該問這樣小心眼的問題。一時之間他無法決定要說些讓她聽了高興的話，還是故意氣氣她。

「看上去比妳小很多——」媽媽沒出聲，他先心軟了：「有點像 Road Runner。」

「像什麼？」

「卡通兔寶寶裡那隻跑很快的鳥嘛，有沒有，頭小小嘴尖尖的，眼睛很大像戴著眼鏡，跑的時候脖子朝前伸：『嗶嗶』……」

媽媽響亮地笑了起來。後來她就多半在早晨上班之前、也就是陸喬放學後回到家的時間打電話過來。若是虹英接的電話，媽媽總會與她寒暄幾句。

虹英偶或也會有事晚歸，陸喬回到家發現屋子是空的，就會感到輕鬆自在得多，可以坐在電視機前邊看邊吃點心。平日多半是虹英在家庭間看電視；陸喬跟她打個簡短的招呼，便去廚房取了飲料吃食端到自己房間去，用腳勾上房門，然後戴上耳機聽音樂。過一會如果虹英來敲他房門，便是媽媽來電話了。

三個人裡面虹英睡得最早。陸喬雖是呆在自己房間，外面的活動他大致還是清楚的。爸爸多半陪她在家庭間一道看電視，她關掉電視回房睡覺時，爸爸有時就到書房去；經過陸喬臥室，也會進來問問學校怎麼樣、功課趕不趕得上之類的，在晚飯桌上已經問過的話題。

有一晚陸喬從浴室出來，躡足經過半開的書房門，瞥見爸爸坐在電腦前面；檯燈柔和的光照著電腦，螢幕閃爍的光照著他聚精會神的側臉。陸喬不禁停住腳步，試著想像用媽媽的眼光看過去——她看到的會不會也是同樣一個弓著背脊伸長脖子、眼神發直、嘴唇頑固地緊閉著的中年男人？二十年前這個男人果真有那麼不同，會使得媽媽願意嫁給他？

「噢，喬喬。」爸爸轉過頭來，坐直了上身，「還沒睡？」

「就要去睡了。」陸喬遲疑一下，走了過去。

爸爸開口要說什麼，卻將臉轉向電腦，過一會才問：「功課趕得上嗎？」

「還可以。」陸喬想像如果他給的不是這個標準答案，而是「很吃力」、「趕不上」、「死定了」之類的，爸爸會怎樣反應？

「媽媽這兩天有電話來嗎？」

「昨——呃，前天。」

「她，怎麼樣，還好吧。」

陸喬聳聳肩：「很好啊。」他直覺到爸爸還想問什麼話，便耐心地等候著。過了半晌卻沒見什麼動靜，只好搭訕道：「你在工作啊？」

爸爸不好意思地笑笑，伸手捉住滑鼠，似乎想切換螢幕上的畫面卻來不及了；陸喬已經好奇地伸過頭來探視，只見一段段簡短的對話句型，最後一句只打到一半。陸喬像是不小心窺視到別人的私人信件，有些心虛地抽身後退。爸爸也顯得有點不大自在地喃喃解說道：「都是些跟我做同一行的人，在網上碰見了，討論些工作上的問題……」

陸喬儘量顯得不在意地點點頭然後離去。躺到床上還在想：從來不知聊天爲何物的爸爸，竟然會跑到網路上的「聊天站」去跟陌生人打英文字聊天；天哪如果不是他自己無聊得要命，就是跟他生活在一起的人太無聊了——很可能兩者都是。

「我愈想愈分不清是做夢還是眞的發生過：你們兩個爭吵得非常厲害，我蹲在角落裡，靜靜地玩著一把玩具手槍，大概很習慣這種情況了吧。然後『砰』一只花瓶摔碎在我腳邊，我把腳縮了縮，然後舉起槍，頂住自己的太陽穴……

「我想這只是個夢。因爲景象很清楚，像看電影一樣，我可以看到自己，六七歲大吧，舉起玩具手槍的模樣……。記得妳是不買玩具槍給我的。這一定是個夢。」

上完體育課走出體育館，陸喬與兩名男生擦身而過，其中那個穿著運動汗衫、一身肌肉的洋男孩瞄瞄他，對同行的男生說了幾個字，陸喬聽見的是：

「又來了個S.O.B.。」

那人的同伴，一個筋肉結棍的土生華裔男孩，笑笑回答：「看起來像是。

今年來了好幾個。」

陸喬猛地停住腳步思索了兩秒鐘，實在嚥不下這口氣，於是轉臉沉聲問那兩人：「你們在說我？」

兩人都楞了一下，洋男孩若無其事地：「是啊，怎麼樣？」

陸喬欺前一步：「怎麼樣？你給我說清楚，憑什麼隨口罵人？」

「你神經病哦，誰罵你啦！」

「有種罵人沒種承認？」對方故作無辜狀的輕蔑使得他愈發火大，「那有沒有種打人呢？啊？」伸手挑釁地用力推那人的肩膀。

洋男孩在還手之前錯愕了兩三秒鐘，那華裔男孩趁這空檔擠進對峙的兩人之間調停：「喂，喂，搞什麼嘛，你這人眞是神經病……」卻差點被他的夥伴推到，幸好力道已經偏掉了。

陸喬不想打自己的同胞，可是這傢伙顯然是個外黃內白的香蕉，牆一樣的擋在中間眞不知拿他怎麼辦。正在這時忽然冒出一個瘦小的東方女孩，一下就站在三個男生面前對著那華裔男孩嚷：

「戴維，你們是怎麼回事？」

「天曉得，」戴維朝陸喬抬抬下巴：「這人莫名其妙，伸手就推布魯斯。」現在看起來是三個東方人一個洋人，陸喬倒不好對那惟一的洋人動手了，可是那根香蕉的話對他眞是火上加油：「我莫名其妙？你們罵人算哪門子牛屎？」

戴維不理他，逕自對女孩說：「他一直說我和布魯斯罵他，天曉得，我們猜他是F.O.B.被他聽到，就……」

陸喬握緊拳頭：「你才是S.O.B.，狗娘養的！」

話聲未歇，他突然瞥見女孩子臉上掠過一種忍笑的古怪表情，下一秒鐘她就忍不住咕咕哈哈地笑出聲來了。戴維和布魯斯先是一楞，接著互換了一個恍然大悟的會意眼神。布魯斯苦笑著搖搖頭，戴維對女孩說：「妳解釋給他聽吧！」兩人便掉頭而去了。

女孩臉上的笑意未消：「嗨，我是菲比，菲比林。你叫Joe陸是不是？」陸喬板著臉點點頭等她的下文。

「我高你一年，可是數學跟你同級。你新來的對不對？」陸喬又點點頭，這才認出她是下一節數學課的，在教室門口常遇見，只是從來不曾特別注意過她，對這名字也毫無印象。

「唉，你們這些剛從台灣來的F.O.B.，數學都好厲害！」菲比嘆道。

陸喬這下聽清楚了。「這三個字母代表什麼？」

「Fresh Off Boat，『剛下船的』，」菲比口齒清晰地說：「指新來美國的學生。這個稱呼沒有惡意的。」

「噢——」陸喬感到臉燙了起來，恨不得也推自己一把：你幹了一件眞有夠蠢的事。

女孩好似聽見他無聲的自責，「沒什麼啦，F.O.B.嘛，類似這樣的事總會發生的。」

她扛起背包，朝陸喬揮揮手：「上課了，待會見。」走了兩步卻又折回來，抬頭看著陸喬用中文說：「我以前也是個小留學生。」

有一天放學後陸喬跨上腳踏車，一騎就覺得不對。停下來檢查輪胎，發現是前輪漏氣了，只好自認倒楣，耐住性子開始推著車走。才沒走幾步，聽見有人在身後喚他，回頭看是菲比帶著微笑快步趕上來。

每一次跟菲比打照面，就像是在提醒著陸喬上回的糗事，所以他總是有意無意地避免碰見她。可是今天無法騎車開溜，只得向她「嗨」打聲招呼。沒想到她就邊走邊同他閒談起來，好像並沒有要道再見的意思，想來她是步行上下學的，只好一道朝校外那條大路走去。

菲比講話很快，聲音脆生生的，英文夾雜著中文轉換得非常流利。「……你知道，我在學校當義務的雙語翻譯，幫助那些新來美國的學生，大部分是台灣來的，中國大陸的現在也多起來了……。我聽到你說英文，奇怪你的英文怎麼會這樣好？你在哪裡學的？」

這時一輛灰綠色的Jaguar緩緩駛過，陸喬一眼看見裡面坐著米謝兒，駕車的是一名中年東方婦人。

「……喂，我在問你嘍，你的英文怎麼會這樣好？」

車子走遠了，陸喬才回過神來：「哦，我生在美國，八歲才跟我媽回台灣。」

菲比一拍手：「哈，我跟你很像——不是，剛好相反，我生在台灣，小學畢業了就跟我媽來美國。記不記得我告訴過你我也是小留學生？」

聽她說也是跟媽媽，陸喬對她就添了一份莫名的親切感，心想回家這麼長的路，有個人說說話同走一段也好。菲比個子眞小，跟他並排走，高度只到他肩膀。這個友善的女孩長得實在說不上好看：齊肩的頭髮直直薄薄的有些發黃，卻不是由於時下流行的染色；五官毫不出色，好在她跟人講話時都很專注地看著人，使人覺得她的眼睛很靈活有表情。因爲瘦，她幾乎是沒有身材的。這樣的外貌讓他有份說不出的放心。

兩人邊走邊談些學校的事，不知不覺來到了一片住宅區。平時陸喬抄近路並不經過這裡，一時不知該不該折回頭。菲比卻指指前方說：「我就住在下一條街。我家有腳踏車的內胎，你可以來我家換。」

陸喬想想倒不失爲好主意。既是她主動提出的，聽口氣沒什麼不方便，於是繼續往前走。突然之間，一隻體型壯碩的深褐色緊毛大狗，從路旁一戶人家衝出來，兇神惡煞地向他倆狺狺狂吠，口沫四濺。陸喬登時嚇了一大跳。

菲比拉著陸喬疾走，一邊憤憤地說：「又是牠！討厭死了，主人都不管的！」

惡犬窮追不捨，陸喬牽著車走不快，只得狼狽地用腳踏車擋，且戰且退。一名身材頗有分量的洋婦，顯然正是狗主人，好整以暇地站在自家門口，欣賞她的寵物表演。

菲比氣急敗壞地朝她嚷：「喂，快把妳的狗叫走！」

洋婦慢悠悠地帶點幸災樂禍的語氣說：「怕什麼，我的 O.J. 很友善的。」

菲比氣得漲紅了臉：「妳該好好看住牠！」

洋婦昂起下巴，挑釁地問：「為什麼？」

「為什麼？讓我告訴妳為什麼！」菲比一字一頓，咬牙切齒道：「我——是——韓國人，我、吃、狗、肉！」

洋婦瞬間花容失色，急忙把 O.J. 喚進屋，砰的一聲關緊大門。

菲比笑得彎下腰，陸喬卻有些擔心地問：「妳真的吃狗肉？」

她站直身子白他一眼：「你比那個狗主人還笨耶！」

菲比的家是一座小小的共有公寓住家，樓上和左右都有鄰舍。進了門就是客飯廳，家具陳設是一目了然的簡單。

菲比放下背包問：「要不要吃點東西？我來做。」

陸喬回頭看看停放在門口的腳踏車：「我先修車。」他微微有些不安，「妳媽媽呢？」

「去台灣了。她做生意需要兩頭跑。」

菲比換上拖鞋，跑進廚房去。陸喬只好跟過去，搭訕著問：「妳爸爸也做生意嗎？」

菲比遞給他一罐果汁：「我沒有爸爸。」

陸喬大吃一驚：「那妳現在一個人住這裡？」

菲比聳聳肩：「本來還有我姊姊，可是她大學畢業去紐約做事了。不怕啦，我媽的朋友會常過來看看。我習慣了。而且，」她指指冰箱上方，「我有通心粉作伴。」

陸喬這才注意到，原來那裡趴著一隻奶油黃夾淺可可色斑紋的貓，沒有表情地靜靜俯視著他。

菲比打開冰箱門，通心粉立即跳下地來，輕飄飄似的無聲無息，然後在菲比腳邊貼著她繞了兩圈才走出廚房。菲比取出一盤切好的西瓜，又遞來一把叉子，「先吃點水果，然後你修車，我做餡餅給你吃，我新發明的，好吃哦！」

她的動作與說話一樣快，陸喬沒有插嘴的餘地，只得吃了幾塊西瓜。牽車步行和惡犬虛驚讓他出了一身汗，冰甜多汁的西瓜顯得格外好吃。然後菲比領著他和腳踏車，來到屋後停車場的一個空停車位：

「這個車位是我家的，你可以在這裡換輪胎。」她變戲法似地從靠牆的櫃子裡取出一個小工具箱、一個裝著內胎的小紙盒，和一個打氣筒。陸喬無話可說，只好動手。

換完車胎打滿氣，陸喬回到屋裡，一陣食物的香味撲鼻而來。在廚房洗著手，他忍不住對空停車位的好奇：「妳家的車呢？」

「我媽的朋友借走了。」菲比不經意地答，但隨即換成興奮的語氣：「嘿，我拿到學習駕駛許可了，我媽答應我，等我一滿十六歲考取駕照就買輛車給我——完完全全屬於我的車耶！你猜我最想要什麼樣的車？那種可以把車頂折起來的convertible跑車，最好是白色的……」她把一盤餅放到桌上，「趁熱吃。」

廚房靠窗有個小桌，他們面對面坐下來。窗外是公寓的中庭，一個橢圓形的游泳池，靜靜蕩漾著一汪碧藍的水。陸喬羨慕地說：「你們有游泳池！」

「是啊，你隨時可以來游，你很會游嗎？」

陸喬點點頭：「我小時候——」他停了一下。

我小時候的家，後院有個游泳池，腰子形的，四、五歲時媽媽就教我游泳，奇怪我一點也不怕水，興奮地一邊尖叫一邊亂踢，弄得水花四濺，媽媽總是耐心地糾正我的姿勢。夏天白花花的陽光，照得池水閃閃爍爍像夢一樣……

「我小時候沒見過這種餅。」陸喬研究著這個半圓形、填塞得胖胖的、冒著熱烘烘香味的麵餅。

「這是一種中東的麵包，叫pita bread，出爐的時候是圓形的，切一半就像口袋一樣，裡面可以塞各種肉呀菜呀，滷汁也不會掉出來。」

陸喬咬了一大口：「裡面是什麼肉？好香。」

菲比眨眨眼，「狗肉。」陸喬楞了一秒鐘，隨即瞪她一眼，兩人相對大笑起來。

「牛肉啦，味道跟這種麵包比較配。我煮東西喜歡換各種不同的配料，像做實驗一樣，好好玩！」菲比有本事一邊吃、一邊仍然口齒清晰地說話：「我最喜歡我家的廚房了，小小的，設備很齊全，有各種吃的東西，很有安全感。……還要不要？」

陸喬不客氣地又拿了一塊，由衷地說：「眞好吃。」

菲比顯得很高興，「要不要喝啤酒？」

陸喬吃一驚：「妳開玩笑？」

「我只是問問嘛。冰箱裡很多。」她不以爲意地舔舔手指尖上的醬汁。

陸喬縐眉道：「妳喝嗎？」

菲比理所當然地：「我才不喝。會胖的。」

陸喬吃完，看看錶，站起身來。「我該回家了。謝謝妳。」

菲比也站起來，只穿著拖鞋站他面前更顯得小了。「你隨時來嘛，我喜歡做吃的，你來可以幫我吃。」

回家一路上陸喬沒來由地覺得有些輕飄飄的，這個下午似乎不太眞實。然而胃裡的飽足感卻是非常眞實而具體的。

進了門，卻見虹英迎上來，語氣僵硬地說：「你放學以後去哪裡了？你媽媽從台灣打電話來找你，我說你還沒回來，她問我你去哪裡，我說你沒講我不知道，她說話的口氣好像在怪我怎麼可以不知道……」

陸喬看著她向前伸過來的脖子，忽然想到兔寶寶裡的那隻鳥，笑意就像汽水泡一樣往上湧，他拚命忍住：「對不起，我——我的腳踏車壞了。」

虹英還要說什麼，陸喬已經忍不下去了，低下頭一溜煙跑進自己房間。

晚上，陸喬被爸爸叫進書房，面對面坐下。爸爸顯得面色不豫，陸喬則是面無表情。電腦開著，爸爸的眼光多半投到螢幕的畫面上，好像在跟那些游來游去的熱帶魚說話。

「你媽怕你考不上好大學，跟我商量送你來美國唸書。當時阿姨就很猶豫，她怕負不了這個責任。」

陸喬低聲自語似地咕噥：「誰要她負責任。」

「你說什麼？」

陸喬把聲音提高一點：「我說，誰要我來就誰負責任嘛。」

爸爸壓抑著怒氣，沉聲道：「這件事，是你媽媽和我商量好了，都同意的。」

陸喬聳聳肩：「這次你和媽的意見倒是滿一致的。」

爸爸假裝沒聽見他話中的諷刺：「我們——離婚的時候，是你媽媽堅持要你跟她回台灣。可是現在，」他清清喉嚨，「我們都覺得，來這裡對你將來比較好。」

陸喬低下頭小聲說：「反正都是你們在作決定。」

「你說什麼？」

「難得你和媽意見一致，我還能說什麼？」

爸爸忍不住了，正面對著兒子厲聲道：「你這是什麼態度！」陸喬立即識相地閉嘴。

爸爸沉默片刻，陸喬有點緊張，不知還會挨什麼罵。然而爸爸只是嘆了口氣：「你學著懂事一點，不要叫媽媽擔心。」語調竟是出奇地溫和。

陸喬有些感到意外，偷瞥一眼，爸爸已經又轉回身去面對電腦了。

學校的長廊上，陸喬打開他的貯物櫃拿東西，旁邊一個正在鎖上櫃子的金髮男生向他淡淡地打個招呼，他轉頭回一聲「嗨」，正好瞥見米謝兒來到不遠處的櫃前。他告訴自己：這是給你的最後一次機會，去，去跟她打招呼，愈自然愈好，去呀你這個膽小鬼……

正當他下定決心挪動腳步時，身旁的金髮男生已經跟她閒扯起來。接著

「砰」一聲，米謝兒關上櫃門，陸喬目送兩個人有說有笑地離去。

過了一會，他遠遠看到菲比和一個很英俊的東方男孩併肩走著。他們說著話——菲比專心地說著話，沒有看到他。陸喬轉身朝另一個方向走開。

「媽媽，我一切都好，妳不用擔心。我已經交了很多朋友，有中國人、美國人，還有中美混血的……

「有時候我去他們家做功課，他們的媽媽對我也很好，做東西給我吃，還說歡迎我去游泳……」

他不懂自己爲什麼要這樣說。他把寫著這些話的信紙摺起來，塞進抽屜深處。那裡面已有一疊這樣的信箋了。

晚餐桌上，爸爸、虹英各坐一頭，陸喬打橫坐，三人默默吃著。陸喬放下筷子站起身：「吃飽了。」

爸爸問：「就吃這麼一點？」

陸喬把碗筷拿去廚房，「我吃飽了。」

虹英望望陸喬的背影，半自語地：「我燒的菜不合他口味？」爸爸沒有答腔。

陸喬站在廚房水龍頭前洗碗，抬頭望向窗外。暮色中的後院，什麼也沒有的，不用看也知道；除了幾棵叫不出名堂的樹，一排不開花的矮灌木叢，兩盆要死不活的花，一小片發黃的草地。水嘩嘩地流過他的手指間，再多的水也流得出去；而他胸腔裡翻騰著一股形容不出的煩悶、焦躁，卻是無處可去，無路可出。

第三章

星期五放學時間的校門口特別擁擠，陸喬騎著腳踏車，間不容髮地穿過人縫車隙。近旁有人大聲叫他，回頭看果然是菲比，趕忙跳下車來。跟她一道的是一個非常俊美的東方男孩，不但人長得漂亮帥氣，穿著也很考究，淺米色的卡其牌長褲、黑色的 Tommy Hilfiger 翻領襯衫，外罩白色的 Polo 輕便夾克。奇怪的是看起來一點灰塵也沒沾上似的。

菲比問：「Joe，你認識丹尼陳嗎？」

陸喬想了想，「唔——你本來在第二節課的化學班上對不對，後來轉走了？」

丹尼笑笑說：「是。那班太難了。」

菲比告訴陸喬：「丹尼是我去年的『學生』，那時他剛來，我課後輔導他英文。」轉向丹尼：「Joe 英文很好，不需要我的幫助。」

丹尼笑道：「那你很幸運。」陸喬不知該說什麼，只好聳聳肩。

菲比解釋：「丹尼的意思是：你很幸運不需要被我輔導，因爲我很兇。」

三人一道走著，陸喬忽覺眼前一亮，是米謝兒經過他們身邊，放慢腳步叫了聲「嗨丹尼」還嫣然一笑，然後走向路邊停著的Jaguar。

陸喬故作不經意地問丹尼：「她是誰？」

「誰？哦，那是米謝兒．郝芙曼。」

「她媽媽是中國人嗎？」陸喬趁機注視開車的中年貴婦。

「大概是吧。」丹尼不在意地答道。

菲比一拍手：「嗳，今天好熱，要不要來我家游泳？」

「Sure。」丹尼想都沒想就答，又問陸喬：「你來嗎？」

陸喬心動了：「可是我沒帶游泳褲……」

「體育課的運動褲就可以了。」丹尼的口氣倒像是主人。「這個時候游泳池沒人。」

「嘩」一聲水花四濺，陸喬已經潛入水中了。一刹時周遭變得非常寂靜。白花花的陽光碎片浮漾在頭頂的水面上，像一種騷動，水底卻是另一個清澈悠緩的世界。他最喜歡進入水中那瞬間失重的感覺。片刻後他才浮出水面換氣。

甩甩頭抹掉臉上的水，陸喬對躺在涼椅上的丹尼喊：「爲什麼不下來游？」丹尼只是懶洋洋地搖搖頭。

菲比從泳池另一端游過來，笑道：「丹尼只想曬太陽。可是他怎樣也曬不黑，眞可憐。」

陸喬這才注意到只穿一條泳褲的丹尼，皮膚確實比一般人蒼白些。丹尼不理會菲比的取笑，逕自翻轉身去曬另一面；陸喬想到煎餅的翻動，不禁也笑了。

再次潛入水中，眼前世界又變成晃動的藍色光影。他緩緩划動四肢，讓水流輕柔地梳理他的毛髮，摩娑他的皮膚。很久很久了，他沒有覺得如此自由過。

陸喬站在水已抽乾的游泳池畔發呆。有人喚他，他回頭慢慢走進屋子裡。屋裡已空無一物、家徒四壁。他踩過地上一張揉縐的紙。紙上畫著典型的兒童蠟筆畫：一個笑嘻嘻的太陽、一棟有煙囪的房子、兩大一小三個手牽手的人，腳下分別註明「Daddy」、「Mommy」、「Joe」。

家門前，媽媽站在一輛汽車旁邊，打開車門等陸喬慢吞吞走過來。車裡堆滿了箱籠物件。門口草坪上豎著「For Sale」的售屋招牌。

游泳之後胃口總是特別好。菲比下了一大鍋麵條，拌上她獨家發明的又酸又辣的「四川義大利」肉醬。陸喬三下兩下就吃完一碗，看看丹尼才吃了一半，菲比的那碗幾乎還是滿的，感到有點不好意思。菲比看看他的空碗，滿意地點點頭。

「我最開心的事，就是煮出來的東西有人欣賞。」菲比把自己碗裡的麵撈出一撮給陸喬，「我跟我媽說，將來上大學要唸烹飪專科，被她罵了一頓。」

「那她要妳唸什麼？」陸喬問。

「她說要唸個『有用的』！其實烹飪最有用了，每個人都要吃飯嘛對不對？」她也不需要聽眾的肯定就繼續講下去，「我知道這些做父母親的人都希望小孩去當醫生、律師，可是他們怎麼不算算看，是吃飯的人多還是看病打官司的人多？」

陸喬一時不知該怎麼算這筆賬，菲比反問他了：「喂，你將來想唸什麼？」

「我不知道。」陸喬老實地說。「我爸要我學電腦，我不想。我覺得對有生命的東西比較有興趣……」

「那丹尼你呢？」

丹尼慢條斯理地嚥下一口麵，「我從來不計畫那麼久以後的事。」

狹小的廚房裡，臨窗的小桌上擺滿了杯碗，三個人靠得很近地各據一邊坐著，吃著東西說著話；爐台上的鍋子還冒著熱汽，打開的窗戶飄進來秋天清爽的氣息。通心粉懶洋洋地側臥在爐台前面的地上，姿態神情都很酷，偶爾斜睨他們一眼，然後莫測高深地眨眨眼睛。陸喬想起菲比說過最喜歡她的廚房，忽然覺得非常羨慕她。他甚至都有幾分羨慕通心粉。

陸喬發現自己走在一處熱鬧嘈雜的地方，隱隱有印象大概是迪士尼樂園吧，他不是很確定，也並不在意。他在擁擠的人潮中發現了米謝兒，焦急地想追上去，卻不斷被人、被車、被各種亂七八糟的東西擋住。天漸漸暗下來，米謝兒已不見蹤影，他簡直要氣急敗壞了。驀地一回頭，卻看見她走在五光十色的遊行隊伍裡，穿著啦啦隊女郎的短裙，忽然矯健地翻一個大觔斗，短裙掀起來，露出一雙修長勻淨的美腿……

陸喬從夢中醒來，恍惚了片刻，感到胯下黏黏濕濕的，掀開被子起身下床，從衣櫃抽屜取出一條乾淨內褲，走進浴室更換。

躺回到床上，整個人卻異常清醒，只好再起身下床。走進黑暗無人的起居室，摸到遙控器打開電視，把音量調到最小；轉了好幾個台，不是深夜脫口秀就是電視購物中心，實在看不下去只得關掉。躡足走回房間，經過爸爸和繼母的臥室，聽到房裡傳出一些聲響，不禁駐足傾聽：模糊的細語、喘息、低低的呻吟……他急忙悄悄走開。

回到房裡，他趴在地毯上做伏地挺身，逼自己做上二十來個，終至累極癱在地上喘氣。休息片刻後換成仰臥，雙手舉起兩隻啞鈴繼續鍛鍊，務必讓自己做到精疲力竭為止。

眼前的畫面有點像GAP的時裝廣告：兩個漂亮的少男少女站在一棵心形葉片的樹下講話，女孩穿著米色V形領、緊窄及腰的半長袖上衣，包裹熨貼的牛仔褲；男孩上身穿藍灰色寬鬆的翻領套頭恤衫，下身是淺灰色修長合身的休閒褲。

陸喬下定了決心，慢慢朝這兩人走去。米謝兒微斜著頭，眼睛帶笑的瞅著面前的丹尼，平素那份目中無人的矜持竟然不見了。倒是丹尼還是一貫的漫不經心的神態，時不時左顧右盼，心不在焉似的。

「嗨丹尼，how's going？」陸喬聽出自己聲音並無異樣，便稍稍放心了一點，然後一鼓作氣說出演練了無數回的幾個字：「米謝兒？嗨，我是Joe。」聲音竟然沒有發抖，他簡直不能相信自己。

「嗨！」這是米謝兒破天荒第一次正眼看他，還帶著笑——雖然這份笑意只是展示給丹尼之後的剩餘物資，陸喬已經非常滿意了。

從此之後，在校門口或者走廊上遇見，就會很自然地互相交換一聲「嗨」

和一個微笑。原來米謝兒並不是那麼不近人情的高傲，只怪第一次見到她時那皇后出廷般的印象太強烈了。陸喬竟有些後悔：早知這麼容易同她打上招呼，何必猶豫了那麼久才走出第一步？

可是第二步才眞難：他實在想不出怎樣跟她開始交談。

有一天陸喬趁菲比不在旁邊，逮到機會裝著不在意地問丹尼：女生們跟他有說有笑的都談些什麼？

「女生？」丹尼聳聳肩：「全是她們說我聽。你知道的嘛，像菲比，你就讓她一直講……」

陸喬笑了：「那──米謝兒呢？」

「唔，」丹尼想想，「衣服啊，車子啊。昨天她還問我不是可以開車了嗎，打算幾時買部車，她就可以搭我的便車上學。」

「你們住得近嗎？」陸喬問出口才覺得不妥當，好在丹尼並不在意地笑笑說：「她開玩笑的啦。我連方向盤都沒碰過，開什麼車！」

「爲什麼不去學？」陸喬感到一陣輕鬆，卻還是不大放心。

丹尼打個呵欠，「拜託，多麻煩啊！」

晚飯桌上，三個人默默吃著飯。剛改了冬令時間，窗外天色早已黑透了。

爸爸努力地打破沉默：「學校怎麼樣？」

陸喬不經思索：「Fine。」

「快期中考了吧？準備得怎樣？」

「可以啦。」

三人又默默吃一陣。陸喬放下筷子，「爸，我什麼時候可以學開車？」

爸爸與虹英對望一眼。虹英起身去添飯。

爸爸研究著盤子裡熟食店買來的燒鴨，遲疑地說：「還早嘛，等你滿十六歲再說吧。」

虹英坐下繼續吃。陸喬站起身拾起碗筷走向廚房。那無路可出、無處可去的囚困之感又昇起來了，需要極大的自制力才能壓下去。

十月的最後一天，正巧是個星期五。菲比興奮地說：「好過癮啊，今年的萬聖節總算是在週末了，可以玩個痛快！」

「天哪，」丹尼滿臉的不敢置信：「妳幾百歲了，還要學小朋友搞怪，戴上面具挨家挨戶去要糖呀?!」

「為什麼不可以？上我家來要糖的小孩有的比我還高呢！其實大人玩得才厲害哪，舊金山城裡每年Halloween晚上都有化裝大遊行，比什麼節日都熱鬧！」

菲比興高采烈地向他們描述她今晚的裝扮：一個小丑，橘紅色的假髮，花綠綠的寬大衣裳，臉上的化妝卻是大紅嘴角下扯、哭喪著臉，頰上還畫一滴誇張的眼淚。「怎麼樣，很有創意吧？」

丹尼聳聳肩：「不是創意，是怪異。」

「小丑是逗人笑的，妳這個小丑為什麼哭？」陸喬問。

「小丑專門逗人笑，可是沒有人逗小丑笑，所以小丑很傷心。」她一拍手：「嘿，晚上你們也來，我們跟鄰居小孩一道去trick-or-treat，人多更熱鬧！」

陸喬搖搖頭，「我太高了，裝小孩要糖會很難看。」

丹尼笑道：「不，你還不夠高，再高一點就可以扮科學怪人Frankenstein！」

我扮過。陸喬在心中默默計算：我還扮過忍者龜、E.T.、超人、大南瓜、西部牛仔……。從他會走路開始，每年萬聖節媽媽都會把他裝扮起來，帶他到家附近一帶討糖，直到他大到可以跟鄰居小朋友結伴「出征」。後來他們就回台灣去了，起碼有兩三年吧，每到十月底，陸喬就會希望自己還在美國，嗅著空氣中枯葉和壁爐柴火的焦香味，瀏覽店鋪櫥窗裡橙紅色的南瓜燈、淘氣的小黑貓和巫婆，鄰家門上懸掛的橙黑二色的花環……快樂的萬聖節就快到了！

然而只有美國才有那樣的萬聖節。在台灣他只能靠一疊照片來回味；有兩三套裝束他根本不記得了，是看照片才知道自己曾經扮過那些角色的。

後來——又是多久之後，他又長大了些，有了別的節日別的興趣，萬聖節才漸漸被他淡忘。而今那些快樂的記憶竟會如此輕易喚回，令他非常驚訝。

虹英下班回到家，陸喬趕忙迎上前來問她：「晚上給小孩的糖果放在哪裡？」他想像天黑之後，大門口燈火通明；門鈴一響他就端著糖果盤去開門，聽小孩子清脆的嗓音：「Trick-or-treat！」他會像每家的主人一樣對他們說「Happy Halloween」，趁他們忙著從盤子裡揀糖果，仔細欣賞那些小神仙妖魔動物鬼怪的裝扮，然後目送他們興高采烈蹦蹦跳跳到下一戶人家……。其中會有一個多年前的自己嗎？

虹英的反應完全出乎他意料之外。「我們從來不過Halloween的。每年都是拉上窗簾熄掉燈，小孩來按鈴不開門就沒事了！」

一時之間，陸喬覺得自己彷彿變成上門討糖的小孩，給粗魯地吃了一記閉門羹，幾乎感到屈辱。怔了半晌，一種不甘心的情緒怎樣也壓不下去。他找出菲比的電話號碼播過去：「等會我可以過來嗎？」

電話那頭的菲比先是尖叫一聲，對另一個人說：「Joe 要來耶！」然後才對他說：「你說的對，我們不應該再 trick-or-treat 了，所以我們決定晚上去舊金山看化裝大遊行，你快來，我們搭六點十五分的火車進城！」

從菲比家出來走向車站，陸喬一路上窘得想打退堂鼓。菲比的裝扮果然是如她所描述的，可是那個小丑的形象太眼熟，簡直就是個哭喪著臉的麥當勞叔叔。丹尼扮僵屍伯爵，白襯衫黑領花黑長褲，外披豎起高領的黑斗篷，化妝是菲比的傑作：頭髮抹了慕絲全往後梳、臉用粉搽得慘白、眼眶塗藍又描黑、嘴唇血紅……。陸喬看第一眼時不由一凜，隨即卻感到一種形容不出的奇異的吸引力，令他又不安又想多看幾眼。

上了火車，才知道爲自己同伴的奇裝異服發窘完全多餘：車上的乘客起碼有一半以上是化了裝的，像陸喬這樣的本色反成了少數。丹尼就對他開玩笑：「喂，你的面具一點也不恐怖嘛！」

終點站下車之後，三人又步行了十來分鐘才到達遊行的大街，遠遠就聽到歡聲喧騰，一條長街早已萬頭攢動，路邊的旁觀者和路中間的遊行隊伍幾乎打成一片，一種嘉年華會的狂歡氣氛把涼沁的空氣都烘熱了。陸喬這才見識到成人化裝的花樣之多和想像力之豐富，已到了匪夷所思的地步；模仿對象當然不只是名人、野獸、妖魔鬼怪等等，大家爭奇鬥妍愈怪誕出格愈好：可以是一張佈滿佳肴的餐桌（中央的主菜是扮演者的人頭，口啣一只蘋果）、一座橋（當然是金門大橋）、一口載著僵屍的棺材、或者一隻巨型保險套。更因爲這裡是開風氣之先的舊金山，情色的裝束更是百無禁忌；許多不畏寒的男男女女，慷慨地展示著平日街頭不多見的胴體肌膚，或者故意在身體重點部位貼上亮閃閃的晶片、金屬裝飾品、奪目的五彩羽毛，挑逗又似挑釁地招搖過市。

陸喬看得眼花撩亂，有些大半裸裎的軀體使得他面紅耳赤，異性或同性的男女毫不扭怩地親密愛撫的舉止也令他目瞪口呆。可是這場繽紛歡樂、甚至帶點狂野的嘉年華實在太迷人了，他起初還亦步亦趨緊跟著菲比和丹尼，漸漸就爲著貪看不斷冒出來的奇裝異景而把距離拉遠了一些，以致每隔一會就要回過神來，擠過幾個奇形怪狀的軀體，趕上他的同伴們。

忽然一個似曾相識的情景出現在陸喬眼前：擁擠的人叢中，他看見一張酷似米謝兒的臉……那是不久前的一場夢境啊，他的心跳急速加快，顧不得跟菲比說一聲就往人堆裡擠去，深褐近黑色的披肩長髮忽隱忽現地就在不遠處，半側過臉來那挺直的鼻梁、嬌嫩的粉頰……一定是她，唉爲什麼有這麼多人擋著路，等一等我，米謝兒——

米謝兒轉過頭來了。化著濃妝的美麗的臉，襯著周遭的五彩繽紛，在夜色和燈光映照中更顯得魅艷，像一個深不可測的誘惑……

可是她不是米謝兒。

陸喬怔在當地動彈不得，身邊的人擠來擠去撞上他也渾然不覺。這個女孩回首接上了陸喬的眼光，似乎也感受到那份震動，不由得整個人轉過身來，慢慢朝陸喬走近。

他看見她、看清她了。濃厚的脂粉，使得那張酷肖米謝兒的臉型像一張仿製的、妖艷的面具，長而密的假睫毛遮蔭住一雙幽深魅惑的眼眸，暗紅色薄紗長裙裹著苗條卻又凹凸起伏的胴體……

面前的人開口了：「你叫什麼名字，英俊的小伙子？」聲音粗啞而低沉。陸喬又是一震，眼光不由得游移到那聲音的來處：她的喉嚨——她白皙的頸脖上，凸出一顆明顯的喉結。

陸喬身不由己地往後退，顧不得踩到許多隻腳，然後才想起來可以掉轉頭朝前疾走。他覺得自己陷在一個最怪誕的噩夢裡，只要再走快點就可以醒過來。

一隻手用力抓住了他的胳臂。他本能地想掙脫，同時看見抓住他的人——綠森森的眼皮深黑的眼珠，慘白毫無血色的臉，紅艷的嘴唇……他覺得有些暈眩，呆呆凝視丹尼這張美得肅殺而詭異的粉面硃唇，不能確定自己從那場夢裡逃出來沒有。

可能是舊金山深秋霧夜的寒氣太重了，看完萬聖節遊行回來，當晚陸喬就感到鼻塞喉痛，接著的週末兩天幾乎都躺在床上。夜裡睡不安寧，徹夜做著凌亂不堪的夢；醒來後雖然夢境畫面多半不復記憶，陷在其境時的焦慮、恐懼和渴念卻隱約猶在，令他感到身心俱疲，像是折騰了整夜不曾休息過一般。

星期一還是不太舒服，但他不敢缺課，勉強去了學校。當他遠遠看到站在一起說話的米謝兒和丹尼，瞬間生起一種非常奇怪的直覺反應：好像又是害怕、又是暗暗期待著那兩人轉過身來面對自己的是兩張濃妝艷抹的臉……

然而米謝兒一扭腰就走開去了，丹尼回頭發現陸喬，笑笑向他打了個隨意的招呼。陸喬立即將自己的荒謬歸咎於生了兩天病。大前天夜色裡的那份詭異魅惑，傾刻間就被丹尼明朗漂亮的笑容驅散了。

逐漸地，萬聖節那晚的歷險就像一場夢，那份隱隱的不安隨著夢境記憶的淡化而不再浮現。

第四章

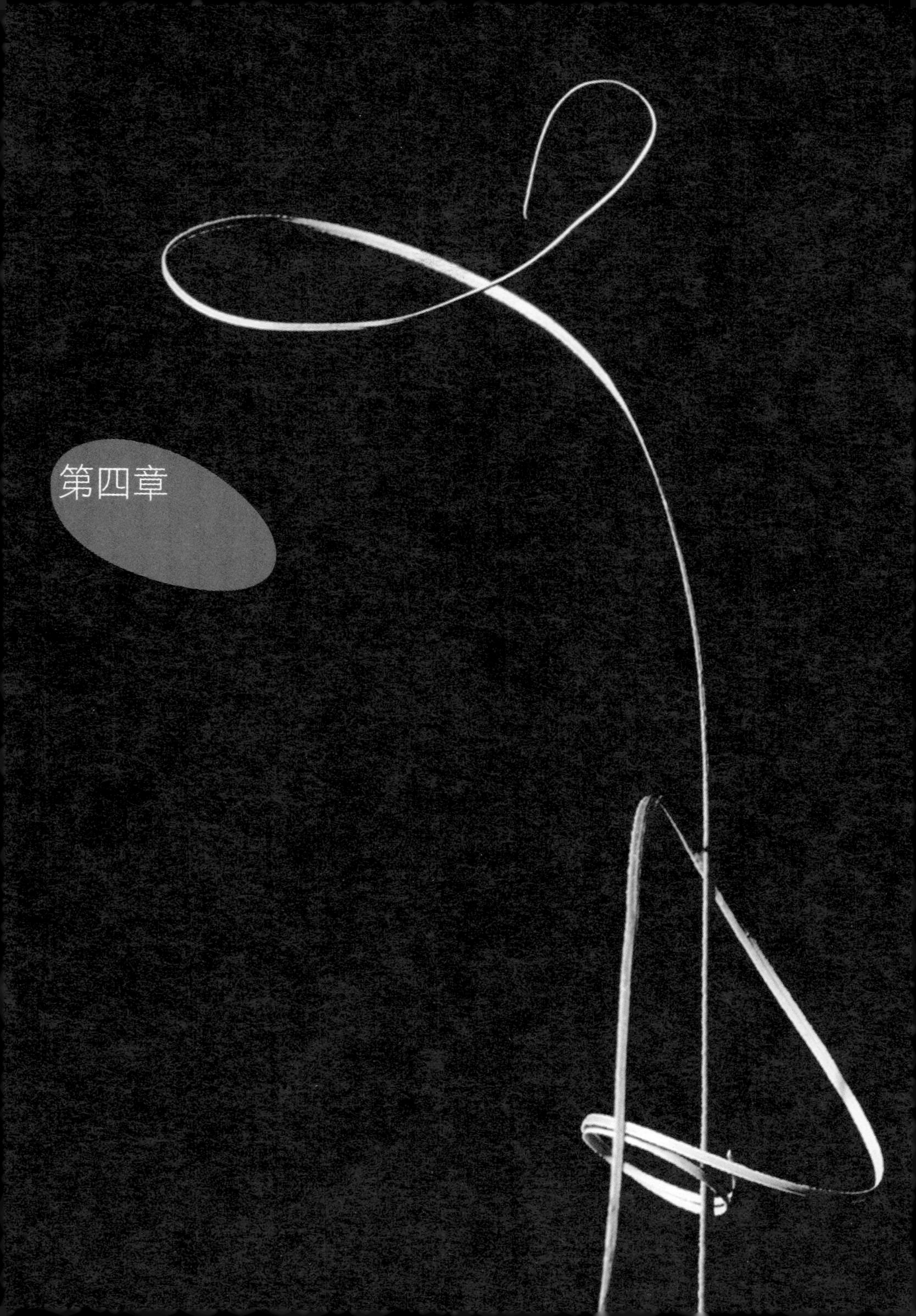

所謂「不打不相識」，陸喬和那個被他稱為「香蕉」的戴維竟成了朋友。戴維倒沒有為了FOB事件對陸喬產生惡感——事實上那樁小誤會還變成一個笑話，讓戴維和布魯斯他們樂了好一陣——反而主動來邀陸喬加入他們午休時間的籃球隊。

練了兩回球就熟了，戴維零零碎碎告訴陸喬自家的事：他母親很小的時候全家就移民來美國，可以算是最早的「小留學生」吧，所以中文不大靈光；他父親根本就是出生在美國的ABC，不過在大學裡很用功地修過兩年中文，據說為的就是追求他母親；追上了才發現中文對她完全用不上。父親跟母親平常只能用英文溝通，可是卻堅持送自己的兒子去上週末的中文學校。「現在不學，等到將來上了大學發現需要修中文，那才眞辛苦。」每當戴維對中文學校有怨言，作為過來人的父親就這麼安慰他。

「他們聽我講中文就笑，說怪腔怪調，」戴維不服氣地：「他們兩個的中文還不是一樣差，跟我『半斤五兩』。」有機會賣弄一句中文成語，戴維頗為得意。

「是半斤八兩，不是五兩。」陸喬忍住笑說。

戴維想了一下，恍然大悟：「原來中國的計算單位不是十進位制，是英制的！半斤八兩一斤就是十六兩，正如同一磅十六盎司、半磅八盎司。Very interesting，很有趣！」

「很有趣」是戴維的口頭禪。過了一陣陸喬才發現：戴維這麼說並不一定表示眞覺得有趣，有時只是出於禮貌的應付，有時甚至是用意正好相反的反諷，得聽他口氣而定。陸喬也慢慢發現戴維的思考方式和習慣跟FOB們顯然很不一樣，但也並不全然是美國式的。ABC們（現在不好意思稱他們為香蕉了）似乎是一種介於兩者之間的人物——可是陸喬想到自己生在美國，不也算是個ABC嗎，卻又跟他們總像有一大截差距。對於要不要拉近這段差距，陸喬有一種矛盾心理：有時他喜歡自己跟誰都不一樣、無法歸屬於任何一類；有時卻又希望自己能被每一類的人接受，包括白人和混血兒。

戴維唸書好像很有一手，陸喬與他混熟了點之後，偶爾會請他看一下自己的英文作文和讀書報告，改正一些文法上的錯誤。投桃報李，每當星期五戴維爲次日要交的中文學校功課傷腦筋時——他父母親有限的中文程度實在幫不上忙——陸喬就輕而易舉地爲他解決了每週難題，只是有時會被戴維弄得啼笑皆非：

「爲什麼這一句最後要加個『了』？」對於陸喬修改他不通順的文句，戴維總會問個清楚。

「比較順口嘛，『我吃過了』，表示完成了，就像英文裡的過去式，或者完成式。」陸喬有些口拙地解釋。

戴維想了想，搖搖頭：「不一定。『我走了，再見』是現在式或者現在進行式，『我快要死了』是未來式，也都有『了』啊！」

陸喬有些被他搞糊塗了，「那，還要看上下文和說話的口氣決定……」

「還要看上下文和說話的口氣！」戴維模仿他的口氣：「我的天，爲什麼你們的中文不像我們的英文那樣有一套嚴格的時態規則？眞是很——有趣！」

陸喬看著戴維那張百分之百的同胞的臉，聽著他英文字正、美國腔圓地說「你們的中文、我們的英文」，也覺得很有趣。

一個星期五放學後，陸喬坐在球場邊的長凳上幫戴維做中文學校作業。戴維吃力地讀著陸喬寫出來的造句，不時感歎一聲他的口頭禪。等著跟戴維一道走的布魯斯，在一旁大概感覺有點受到冷落，便不停地指著課本裡的插圖問東問西，又自以爲幽默地打趣說：這些中文字一個個方方正正，恰好可以疊起來裝進中國餐館的外賣盒……弄得陸喬很不耐煩。

這時菲比與丹尼走過近旁，菲比叫了聲「Joe」，丹尼側著頭抬抬下巴作個「一道來啊」的姿勢，陸喬才記起菲比昨天提過：今天下課以後一道去她家吃她最新實驗成功的水果布丁。可是戴維和布魯斯就在身邊，一種難以解釋的奇怪心理，使他裝作沒事地僅只淡淡回了一個招呼和一聲「Bye」。

布魯斯看著那兩人走遠去才說：「那個丹尼陳，很多人說他怪。不止一個漂亮女孩對他有意思，他卻只跟菲比林在一起——那女孩一點都不好看！」

戴維聳聳肩：「我倒是聽說菲比林才奇怪，常喜歡找人去她家，可是又從來不跟人怎麼樣。很有趣！」

陸喬一下沒聽懂：「去她家就要怎麼樣？」

「她經常獨自一個人在家，邀請人去，有的人就會打錯主意，結果發現根本不是那麼回事──她只是給人吃東西。不過眞的很好吃。」

布魯斯嚷道：「不公平，她怎麼沒找過我？起碼有一頓好吃的呀！是不是嫌我眼睛沒長成這樣？」說著雙手把眼角往上扯成斜吊的兩條縫。

戴維罵他：「得了，你這隻種族主義豬！」很順口似地，布魯斯卻也不以爲意的樣子，很快又聊起別的話題了。

兩人一唱一和之際，陣陣說不出從哪處翻湧上來的氣悶，使得陸喬握著筆的手握成了拳頭，然而他又弄不清究竟是誰得罪了他、怎麼樣得罪了他。在他還理不出一個頭緒來的時候，戴維和布魯斯已經有說有笑別的事去了──這兩個人怎麼會這樣口沒遮攔又毫不在意？是因爲把他陸喬當成自己人呢，還是根本就不當他一回事？不管是由於前者還是後者，都不是他所想要的狀況。那自己剛才故意冷落菲比丹尼，又是源自什麼樣的心理狀態呢？

陸喬忽然覺得一種什麼都不是、什麼都不屬於的孤單。

「寫好了嗎？」戴維近在耳邊的聲音驚醒了陸喬。他搖搖頭沒說什麼，三下兩下草草寫完剩下的幾題，把作業簿往椅上一擱；不等戴維開口提出任何疑問就起身跨上腳踏車，往菲比家的方向加速騎去。不多久就遠遠地看見那兩人慢悠悠走著，菲比指手畫腳說得很起勁的樣子，丹尼閑閑伸腳踢出一顆石子……陸喬這才發覺自己其實有多想跟他們一道走，走去一個幾乎像回到家的地方。

刮乾淨玻璃碗中最後一匙布丁，菲比問：「最後一口，誰要？」

陸喬答非所問：「妳和戴維李熟嗎？」

菲比把那匙布丁傾銷到丹尼的小碗，「熟呀。他本來也是雙語翻譯的義工，可是我的天哪他的中文之破啊，沒有人聽得懂他在說什麼，連三天前才下飛機的FOB也求他講英文算了，大家都比較不痛苦……」

陸喬深有體會，笑得比丹尼更厲害。

「我知道他到處講我喜歡帶人回家吃飯。」菲比瞟一眼陸喬，「他愈講我就愈不找他，把他急死！他不止一次對我暗示說眞想嚐嚐道地的中國菜，可惜媽媽不會燒，我說中國餐館多的是嘛；他說聽說妳很會做菜，我說對呀，將來誰娶了我最幸運，要不要哪天帶你媽媽來我家我教她燒中國菜？……哈哈好靈，再也不敢來嚕嗦了！」

「有些人眞奇怪，好像什麼事都非得有他一份不可。」丹尼搖搖頭：「搞不懂他。」

陸喬卻覺得那種心理是可以理解的——怕被遺棄在衆人之外，怕自己什麼都不是、什麼都不屬於……。只是像戴維那樣神氣自信的人竟也有這種害怕，卻是出乎他意料之外的了。

菲比要游泳，陸喬和丹尼拒絕奉陪，不過同意去池畔旁觀。陸喬在矮桌上做功課，丹尼躺在涼椅上閉目養神；菲比哇哇叫著爲自己壯膽，一跳下水就換成冷呀冷呀的尖叫。

陸喬伸手探探池水的溫度，咋舌道：「這麼冷的水，眞有夠勇敢！」

菲比邊游邊喊：「過了剛跳下水那痛苦的五秒鐘就好了！」

「跳下水之前才痛苦哪，要跳又不敢。」

丹尼閉著眼說：「她不怕冷的。」

菲比聽見了：「誰說的？沒看見我冷得發抖嗎？可是我就喜歡冷天氣。嘿，你們猜我最想去哪裡玩？……阿拉斯加！我前世一定是愛斯基摩人。」

丹尼搖頭：「不會啦。如果是的話，妳在那裡活了一輩子早就煩死了，哪裡會下輩子還想。」

陸喬覺得丹尼的推論很奇特：「你的意思是，人對住了一輩子的地方會煩死啊？」

「當然，我對住久一點的地方都會煩。」

菲比停下來攀著池沿加入談話：「那你對美國煩了沒有？」

丹尼睜開眼伸個懶腰：「還沒，不過大概快了。」

「你來美國是因爲你對台灣很煩嗎？」陸喬追問。

「我是對台灣很煩，不過把我放在美國是我老爸老媽的主意，我才沒有發言權。」丹尼難得地多話起來，主動說起平日絕口不提的家庭情況：

「我現在是跟祖父母住。我老爸老媽很奇怪的，最早是他們兩個要移民來美國，把我丟在台灣給祖父母帶，害我國中成績爛得一塌糊塗。去年他們忽然良心發現，把我們祖孫三個都接出來，可是沒多久老爸就改變主意跑回台灣去了，老媽不放心老爸一個人在台灣怕他會出狀況，又把我扔給祖父母，自己跟在老爸後面回去了……怎麼樣，聽得頭都昏了吧？三代人就這樣跑來跑去，完全搞不懂他們在想些什麼。」

陸喬只關注一個問題：「你說送你來是他們的決定，那你自己呢？」

「當時我很高興啊，我本來就對台灣滿煩的，想說來美國也不錯。我小的時候還以為整個美國就像一個大迪士尼樂園！」

菲比笑道：「那現在呢？還像不像？」

丹尼聳聳肩：「就算是Disneyland，多玩幾次也不好玩了嘛。……嗳，你們有沒有覺得奇怪：Disneyland就是迪士尼的地，為什麼要翻成『樂園』？」

「大家才會搶著來呀！」陸喬說。

「天堂也是樂園，怎麼就沒有人搶著去？」丹尼似乎想抬槓，陸喬一時卻接不上嘴；菲比凍得不耐煩了，挑戰道：

「你們談這些真的有夠無聊耶。喂，夠膽就下水嘛，在上面聊天算什麼？」

陸喬被激得不服氣，猛地站起身脫掉上衣只剩短褲，不給自己一點猶豫的時間即刻躍進游泳池裡。水花飛濺的剎那，他全身每寸皮膚都感到被猛擊一下的刺痛，冰冷的水似乎無孔不入滲進每一個毛孔、刺激著每一個感受得到寒度的細胞。他集中注意力極慢極慢地默數：「一——二——三——四——五——」終於漸漸找回了四肢正常的知覺，於是衝出水面大叫：

「我到阿拉斯加了！」

時序進入冬令，感恩節就快到了，歲暮節日的氣氛愈來愈濃，像一首樂曲逐漸逼近那最繁複熱鬧的佳節高潮。天氣開始變得陰冷，縱然不下雨也一副陰沉沉的沮喪天色，正好與路旁店家掛燈結綵的興高采烈形成強烈對比。

有一天放學時刻，陸喬發現丹尼拖著懶洋洋的步子獨自走過，眼神直直地根本沒發現他。

「嗨，」陸喬攔住他：「你是不是兩三天沒來上學了？怎麼啦？」

丹尼怔了怔，隨即淡淡地答：「生病了。」

「流行性感冒？」

丹尼聳聳肩不置可否。

「那大概是你傳染給菲比了！她今天也請假。」陸喬數學課後沒看到菲比來上下一堂的數學，就知道她準定是沒來學校。

丹尼這才把渙散的注意力集合了起來，關切地問：「菲比生病了？」

陸喬覺得這人真絕，自己有沒有病不置可否，對別人倒是鐵口直斷。正在好笑，忽然一聲喇叭，接著一輛奶油色的道奇敞篷車停在他們面前，把兩人嚇了一跳。一看之下竟是菲比，滿面春風地坐在駕駛座上，這就更嚇人了。

菲比笑喊：「Surprise！」

「我的天，她真做到了。」丹尼喃喃道。

陸喬瞪大眼睛：「妳好大膽，給警察抓到怎麼辦？」

「就『秀』他我的駕照呀！」菲比笑嘻嘻的。

陸喬和丹尼不約而同地叫出來：「妳考上了！」

「我媽昨天從台灣回來，我今天就逼著她帶我去考。」菲比得意極了，「哈，我從來沒有任何一次考試像今天表現這麼棒！……喂，傻瓜一樣站在那裡幹什麼，上車呀！」

陸喬請她等一下，待他把腳踏車停好鎖上。丹尼讓陸喬坐前面，自己雙手一撐車門、腳一抬跳進後座，卻隨即發出一聲驚叫，陸喬以爲他跌傷了，忙問：「你沒事吧？」

菲比頭也不回篤定地說：「沒事，他一定是看到後座的椅子了。」

陸喬回頭一看，不禁暗叫一聲我的天。原來車後座淺咖啡色的皮椅，顯然被某種刀片之類的利器割得橫七豎八，裡面的塑膠海綿什麼的亂七八糟翻出來，活像開膛剖腹般慘不忍睹。

菲比解釋道：「車子本來就夠舊了，再加上被人這樣蓄意破壞——大概是看不順眼老中開這麼騷包的車吧，其實天曉得這車算老幾——總之我媽那個朋友懶得花錢換椅子，就半賣半送給我媽，讓她給了我從此可以耳根清靜。」

菲比一口氣說完，快樂地作了結論：「不管怎樣，這是我最想要的convertible呀！從路上誰看得到破椅子？……」

她興沖沖的獨白被丹尼有些憂慮的問話打斷了：「這輛車篷頂的開關在哪裡？下起雨來怎麼辦？」

菲比楞了一下，伸手在儀表板上亂摸一陣，險些開到隔壁車道去，被人家喇叭警告了一聲才放棄。

「你神經啦，」她啐道：「婆婆媽媽的，這時候耽心下雨！等下到你頭上再停車拉車篷也來得及啦！」

他們議決開車到學校附近一家快餐店去，破天荒頭一遭不下車而自行開過drive-thru窗口，過癮地從車上點菜。丹尼很大方地掏錢請客，陸喬沒帶錢只好由他了。從窗口取了吃的喝的一大堆之後，菲比把車開到一個社區公園裡，三人在池塘畔的草地上野餐，看鴨子無憂無慮似地在池裡游來游去。

陸喬曾經想像過無數次自己開車的情景，但不曾想像過即使只是搭一個好朋友的車，竟也會有如同此時此際的這份快樂。

從耶誕節到新年，學校有兩個星期的寒假。陸喬很想回台灣一趟，可是爸爸說年節期間機票最貴，而且日期合適的都早已賣光了。媽媽的意思則是希望他利用假期，把感到吃力的科目預先溫習一下；又說等二月初舊曆年假時她會來美國探望他。先前回台的美好計畫告吹了令他十分沮喪，待得知媽媽不久以後會來，這份期盼便把他降到低溫的情緒慢慢拉提上來，只希望一兩個月的時間會過得很快。

他猶豫了很久，還是決定請菲比開車帶他去附近一處購物中心——他想買一件禮物給媽媽，而這是無法向虹英啓齒的。菲比爽快地答應了，約好星期六下午來他家接他；陸喬叮囑她就在外邊等著，到時他自己會出來：「免得我老爸和繼母大驚小怪，問東問西。」菲比十分理解地撇撇嘴。

原先說好丹尼也會一道來，可是那天卻只見菲比一個人。陸喬問丹尼呢？

「臨時改變主意了，」菲比聳聳肩：「說他不想出門。」

「妳不覺得丹尼最近有點怪怪的？」陸喬忍不住問。

「他就是這個樣子啦。」菲比不在意似地：「天氣不好就會鬧情緒。」

陸喬覺得意外，卻又想不出還可能有什麼更好的——或者更奇怪的——理由。

沒有任何地方的節日氣氛比購物中心更濃的了：佈置得金碧輝煌的櫥窗、包裝精緻華麗的禮品、全身披掛琳瑯滿目的巨型聖誕樹、排隊等著與聖誕老人合影的盛裝的人龍、無所不在處處可聞的聖誕歌曲、甚至店鋪裡的節日花燭香料……源源不絕的形聲色香組成了一種迫人而來的緊張感，讓人們對即將來到的佳節有著更急切的期待。

陸喬是這裡的一個例外。他慢慢走著，周遭的一切反倒讓他覺得自己是個旁觀者。櫥窗玻璃映出他模糊的身影，疊著窗裡光色繽紛的聖誕樹；一輛小火車繞著樹和樹下打著美麗蝴蝶結的禮物盒團團轉，記得小時候他會貼著櫥窗玻璃看玩具火車看得發呆，直到鼻子壓得又冷又疼……

結果他買了一張賀卡、一條小小的絲圍巾。圍巾的紙盒方方扁扁的很便於郵寄。卡片上畫著雪中小屋、被雪覆蓋的屋前小徑；他相信媽媽一眼看見這幅畫面時也會跟他一樣，想起他們紐澤西的舊居在冬日的情景。

菲比自己去逛少女服裝和配飾店，與他約好採購完畢在健康飲料吧前碰頭。陸喬請客，一人一杯綜合熱帶水果加優酪乳汁。菲比喝了一口㶴㶴鼻子：

「我的天，三塊七毛五一杯！我該自己在家搾來喝。」

陸喬從杯沿上瞥見兩個女孩走過，其中一個有些像米謝兒，但他沒有看得十分清楚。幾步之後那女孩回首一瞥，陸喬才九成肯定是米謝兒，連忙舉杯遮住自己的臉。他心存一絲僥倖希望著那不是米謝兒；就算是，也希望她不曾看見他們而誤以爲他和菲比在約會。

第五章

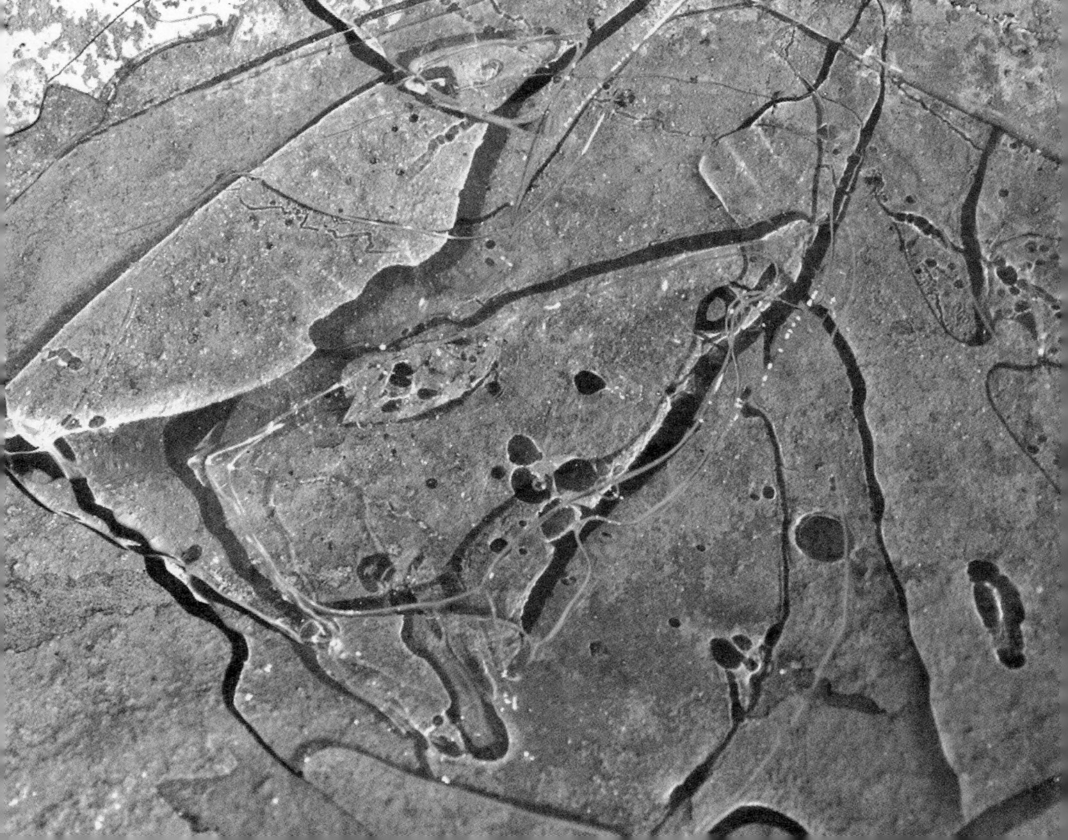

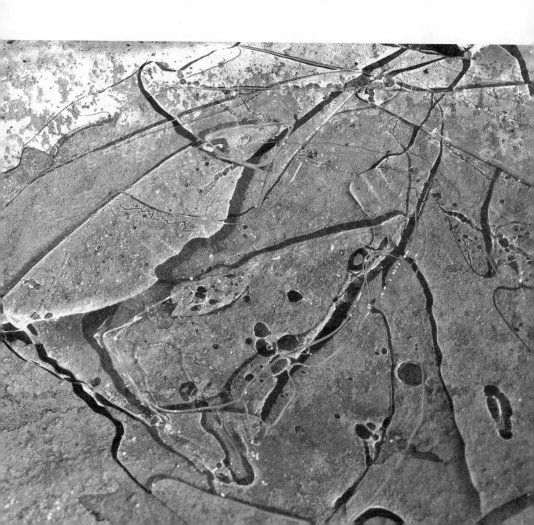

「下星期六晚上有個party，去不去？」丹尼在學校一見到陸喬和菲比就問。他看起來氣色不錯，很難教人聯想起前一陣子無精打采的模樣。

「在哪裡？」菲比很有興趣的樣子。

丹尼向陸喬笑笑：「米謝兒家。她邀請我，我說要帶兩個朋友去。她問是不是菲比和她的boyfriend，我說是，她說歡迎。」

陸喬感到很不是滋味，悻悻然說：「我不去。她又沒邀請我！」

菲比笑道：「你是不想當『菲比的boyfriend』對不對？沒關係啦，那我就說丹尼才是我的boyfriend好啦！」

丹尼也笑：「喂，妳這樣說，我也不敢去了怎麼辦？」

陸喬被他倆的頑笑話無意中道破了心事，反倒不好彆扭了，只得硬著頭皮掩飾：「好了啦，你們兩個！去就去嘛，有什麼了不起的。」

米謝兒的家離學校頗有一段距離，需要開上一段隱密的山坡路，沒有公車可通。雖然冬天的夜晚暗沉沉的，訪客們還是隱約看得出這一帶全是深院豪宅，與山下的房子大不相同。

丹尼和陸喬一個負責查地圖一個認路牌，總算幫菲比把車開到了米謝兒家。那是一棟漂亮的灰色英國式兩層樓洋房，裡裡外外燈火通明；屋前一大片草地花圃上修剪得整整齊齊的樹木，都披掛著星星點點的燈串。私人車道上和屋前的路旁早排滿了車，菲比只得把車停到遠一點的路邊去。

站在那兩扇氣派的大門前，陸喬緊張地吸口氣，爲自己這身馬虎隨意的裝束感到灰心。門開處露出米謝兒的臉孔，像絨幕揭開展露出一顆完美的珍珠。米謝兒朝三人掃瞄一眼，眼光停留在丹尼臉上綻出一個微笑。陸喬的灰心傾刻間轉爲絕望。

進門便是高敞的門廳，鋪著華貴冷硬的大理石，靠樓梯矗立著一株比人還高的聖誕樹，上頭琳琅滿目的掛著無數串燈泡和小裝飾品。化著淡妝卻明艷無比的米謝兒，身穿緊窄的黑絲絨短裙小禮服，挖得低低的領口之上是一條深深的乳溝，和被黑絲絨襯得格外白嫩豐潤的胸脯；陸喬慌忙低下眼，看見兩條裹著黑絲襪的小腿，弧線優美柔和地延伸下去，最後停留在一雙款式玲瓏的黑緞露趾高跟鞋裡。

丹尼依舊全身裡外皆名牌，米謝兒接過他脫下來的黑皮夾克，往當門的大鏡子下方一張古色古香花紋繁複的長凳上一扔。菲比也脫下她的紅色短外套，裡面是一件紫色迷你裙裝；臉上化了妝，五官比較有了明顯些的輪廓，加上穿了裙子，比平時顯得像個女孩子。陸喬見米謝兒已轉身朝裡走了，急忙接過菲比的外套、連同自己的夾克一併放到長凳上，然後緊跟著走向裡間去。

鬧哄哄的人聲笑語，襯著節拍分明而曲調曖昧的音樂，夾著烘焙食物的甜香和花燭香水的暖香，充滿著整座挑高屋頂的大廳。大廳分成客廳和正式餐廳兩個相連的部分，卻並不完全隔開；二十來個青少年，有的坐在客廳大壁爐前的沙發裡或地毯上，有的圍站在餐廳長桌四周，更多的是游走於兩廳之間吃喝談笑。餐桌上鋪著紅綠間金的聖誕檯布，正中央是一大口盛著鮮紅色飲料的水晶盅，兩旁擺著許多盤甜的鹹的各色小點心。

大部分人都是彼此認識的同學；男孩們的穿著多半與平日沒有兩樣，這個發現讓陸喬放心不少，便沒有進門時那麼緊張了。

米謝兒帶領他們三人走到餐桌邊，卻只顧著招呼丹尼，一面誇讚：「好酷的衣服！」一面從水晶盅裡舀出一杯艷紅的果汁遞給他，「來，喝杯punch——」放低聲音：「含酒精的哦！」

丹尼瞟她一眼：「你爸媽不管啊？」

「他們整個週末都不在家。」米謝兒嫣然一笑：「今晚我是主人！」

菲比和陸喬有樣學樣，各自舀了一杯飲料啜著。陸喬才嚐了一口就縐眉道：「這裡面有酒！」

「她不是剛說了嗎？」菲比白他一眼：「大驚小怪！」

陸喬看見旁邊一張小桌上有罐裝飲料，伸手取了一罐可樂打開喝。菲比跟一個女生聊了起來，他正好悄悄走開，找一個安靜的角落，默默注視在人叢中穿梭說笑的米謝兒。

廳裡的水晶吊燈光度轉為黯淡，壁爐裡的火卻燒得熾旺。牆壁上懸掛的聖誕彩燈閃爍著朦朧魅惑的幽光。人又多了些，喧鬧的音樂聲中，有的在客廳和餐廳之間的空地上跳舞、有的扯大嗓門說笑，角落裡也有靜靜談心甚至擁吻的男女。

菲比和一個陸喬叫不出名字的白種人男孩跳舞，兩人卻是各跳各的：眼光身體毫無接觸，連姿勢和節奏也互不相干，可是都很自我陶醉的樣子。丹尼有好一會不見蹤影，不知躲到哪裡去了。米謝兒在餐廳被幾個男女孩子圍著，不時從那個小圈子爆出一陣開心的笑聲。

陸喬百無聊賴地坐在一張靠牆的長沙發裡，不久便發現近旁幾個人在傳遞一根大麻菸捲：每個拿到菸的人都小心翼翼地用拇指和食指夾住，遞到口邊深深一吸，閉住氣，幾秒鐘後才徐徐舒口氣。坐在陸喬左邊的女孩吸完後瞇著眼把菸捲傳給他，他看也不看就立即交給右邊的人。

女孩奇怪地睜大眼睛：「你什麼毛病啊？」

「沒什麼，」陸喬說，「我只是不吸菸。」

女孩饒有興味地盯著他。陸喬被她看得不自在起來，加上菸味薰得他頭昏，於是使了點力氣，從深陷的軟綿綿沙發裡站起身走出大廳。穿過門廳，他看見聖誕樹的另一側伸向一條走廊，猜想總會有個洗手間吧。快到盡頭時一扇門正好打開，裡面跌跌撞撞走出一男一女，兩人都在整理衣衫。女孩低著頭與他擦身而過，男孩朝他咧嘴笑笑。陸喬發現那正是他要找的地方。

這幢華宅堂皇講究的佈置連洗手間裡也不例外：地上鋪著大理石磚，牆上貼著古典花紋的壁紙、掛著複製的名畫；可是毛巾、紙巾到處扔得一片凌亂。大理石洗手檯面上還有一張硬紙片、一些白色粉末的殘屑。陸喬看了半天，伸出食指沾些粉屑正要湊近鼻尖，忽然想到這是什麼東西，急忙扭開水龍頭沖掉。洗手間裡明亮的燈光令他有些難以適應，他瞇起眼看著鏡中的自己，用手指梳梳濃密的頭髮，想像用米謝兒的眼光打量面前這個身影，又一陣灰心之感襲來。他搖搖頭，走向抽水馬桶。

從洗手間出來走到門廳，陸喬意外地看見米謝兒獨自站在那裡。米謝兒聽到腳步聲回首看到陸喬，一時之間臉上的表情好像並不認識他似的。

在毫無防備的驚喜中，陸喬有些語無倫次地囁嚅道：「嗨米謝兒，謝謝妳邀我來，妳家很漂亮……」

米謝兒面無笑容地打斷他：「喂，你想跳舞嗎？」不由分說，便把呆若木雞的陸喬拉進大廳去。

正在播放的歌曲是Backstreet Boys的〈As Long As You Love Me〉，節奏不算慢，可是米謝兒把陸喬的右手放在她的腰上，她的左手搭上他的右肩，示意他摟著她跳慢舞。陸喬一開始緊張得手足無措，頻頻爲踩到她的腳尖低聲道歉；過了一會方才漸漸放鬆，開始感覺到了她手掌的柔嫩、腰肢的纖細與彈性。她把額頭貼上他的面頰，呼吸吹進了他的頸項……他聞著她鬢髮間的香味，周遭的一切變得忽近忽遠，又似眞實又似虛幻；音樂像有色彩，彩色的燈串卻像在輕柔起伏著的音符。她柔軟卻又堅挺的乳房輕輕抵在他的胸腹上，令他漸漸感到呼吸困難；不一會他下身的器官起了不由自主的反應，像一頭甦醒的小獸。他在羞窘中想鬆開她一點，以免她發現自己的異狀，卻又實在捨不得哪怕是放鬆半分。他偷偷地享受著這騰雲駕霧般的快感，而她仍是貼得緊緊的彷彿若無其事。

不知過了多久——也許只是很短的一會，陸喬就感覺到米謝兒其實心不在焉：她頻頻轉頭探視某一個方向。他順著她的眼光望過去，看見丹尼坐在一男一女之間傳遞著菸捲，漫不經意的姿態有一種說不出的撩人。幽暈的燈光下，丹尼的臉龐輪廓和五官像精心描畫出來的一般。

米謝兒忽然停了下來，鬆開手輕輕推開陸喬，說了聲「Excuse me」，也不看他一眼就走開了。陸喬楞在那裡，音樂依然熱鬧，身邊的舞者們也依然一個個自跳自地，好像完全沒有注意到他在一秒鐘之內，從一個溫香柔軟的懷抱被推進一池冰水裡。過了好一會他才恢復知覺，訕訕地退到一個無人的角落。他的昂奮早已平復萎縮了，然而喉頭乾枯，好似喉底胸間有小火在慢慢烤灼著。

他去餐桌邊給自己舀了一杯紅色飲料。啜一口，有一點苦味，他昂首一飲而盡。用手背抹著嘴時，看見丹尼走近他身邊。

「我們走吧！」丹尼說。

陸喬一時還沒回過神：「什麼？」

丹尼懶洋洋地說：「沒什麼好玩的，走吧！我去叫菲比。」

陸喬胸中那朵小火苗忽然竄高起來。他譏諷地問：「你要走了？你不是正玩得開心嗎？」

丹尼不理會他，逕自轉身去找菲比。陸喬蹩著一肚子火，僵直站在原地等著。不一會菲比跟在丹尼身後走來，打著呵欠問：「要走了嗎？」

也不知是針對兩人中的哪一個，陸喬挑釁地說：「有人要來就來，要走就走，都聽他的？要走，自己走嘛！」

菲比睜大眼睛：「喂，我們是一車來的耶！」

丹尼穿上皮夾克自顧自走出門去，菲比拎了外套跟著。陸喬怔了怔，咬牙沉著臉追出去。丹尼和菲比正一前一後往車子走，陸喬趕上丹尼問：「你急什麼？」

丹尼不出聲繼續走。陸喬伸手抓住丹尼肩膀：「等一等！我問你話，你爲什麼不理我？」

丹尼頭也不回地甩開陸喬的手：「別碰我！」

陸喬更用力抓住：「你有什麼了不起？爲什麼每個人都要聽你的？你憑什麼嘛你？」他已分不清自己究竟是在對丹尼挑釁，還是眞的想得到問題的答案。

丹尼把陸喬猛力推開，陸喬沒防到丹尼還有這個手勁，被推得腳下一個踉蹌，站穩後覺得全身的血都往上湧，這股血氣頂著他往前撲向丹尼，不防力道過猛，兩人都滾跌到地上，立即扭打成一團。

菲比驚惶尖叫：「Stop！你們兩個瘋啦？快點 stop！」彎下腰試圖把兩個身體拉開，混亂中卻不知被哪個推了一下，也跌坐到地上了。她先是不能置信地楞在那裡，隨即哭了起來；邊哭邊站起身疾步走向自己的車，發動了卻還是不忍心開走了之，於是越哭越傷心。

陸喬很快就發現丹尼不堪一擊，根本不是自己的對手。此刻身下的丹尼頭髮散亂、衣服揉得一團糟，狼狽地閉著眼喘氣，讓陸喬完全洩了氣。他這才注意到哭著走開的菲比，急忙跳起來追上去。丹尼也吃力地站起身來，一邊整理被扯亂的衣服，一邊步履不穩地跟過去。

菲比坐在駕駛座上哭得抽抽噎噎，兩個男孩各站在車的一邊，手足無措地看著她。過了半晌陸喬才心虛地說：「菲比，我……I'm sorry。」

菲比嗚咽地說了一句什麼，兩人聽不清，丹尼柔聲問：「妳說什麼？」

這次聽清了：「你……受，受傷……了嗎？」

陸喬看看丹尼，老實回答：「他的嘴巴腫起來了。」

菲比怒聲說：「我沒有問你！」

丹尼的聲音還是很溫和：「他沒說錯。不過我沒事。」他轉頭看看陸喬：

「Joe 的額頭擦破皮了。」

「活該！」菲比恨恨地：「兩個都活該！」

陸喬抱歉地問：「丹尼的嘴巴需要敷冰塊。怎麼辦？」

菲比還是沒好氣：「還能怎麼辦？去我家啦！」兩人獲赦般急忙跳進車裡。

「慢點！」菲比吼道：「天氣這麼冷，想凍死嗎？把車篷弄起來。」

兩人又跳出來，一場手忙腳亂之後，篷頂竟然緩緩撐開了。連菲比都有些無法置信似地，抬頭看著車頂發了半天楞。陸喬和丹尼坐進車裡，搖上車窗；頃刻間三人就在一個密閉的小小空間裡了。

坐在菲比家的廚房裡，丹尼用一條毛巾包著冰塊敷嘴，陸喬額頭上貼著繃帶。兩個人都一副無精打采的倒楣樣，只有菲比很起勁地煲著一鍋鴨絲粥——米謝兒的party雖然擺了一桌吃食，在菲比看來全是垃圾食物，沒有一樣好吃的。

「你們這副模樣回去，用什麼作藉口呀？」菲比把粥碗端到他們面前時問。

陸喬想了想，「我不小心撞到柱子。」

「丹尼你呢？」

丹尼撮著傷腫的嘴唇，對滾燙的粥一籌莫展。「無所謂啦，我的老祖宗們難得仔細看我一眼。只是怕開學以後還不好就糗死了。」

菲比笑道：「丹尼，要是有人問起，你就說……」她越笑越厲害：「你整個晚上都在kiss！」

兩個男孩也忍不住笑起來，最後三個人有點歇斯底里地笑成一團。通心粉用懷疑的眼光看著他們，一邊慢條斯理地逐個細細舔舐自己的腳爪。

菲比開車送他們倆回家。丹尼先到，下了車向菲比和陸喬揮揮手說：「Merry Christmas！」然後面朝他們、輕盈地倒退著小步走開去。不知爲什麼，那個姿勢生動地留在陸喬印象中很久很久。

到了自家門口，陸喬對菲比輕輕說了聲：「對不起。」菲比聳聳肩。他下了車，想了想又回頭對她說，「妳今晚很漂亮。」

菲比笑了：「因爲我是唯一沒有掛彩的！」陸喬也笑。「Merry Christmas！」她說，然後一踩油門。

紅色車尾燈由亮而暗、終於消失在夜霧中。一滴、兩滴，有冷冷的小雨滴到臉上。Merry Christmas，Joe。陸喬在心底對自己說。

兩週的寒假一晃就過去了。美國有Blue Monday「藍色星期一」的說法，意指週末剛過情緒最差；聖誕節緊接著新年的長假後第一個上班上學的星期一，當然更是最「blue」的了。像是所有的歡笑、金錢與體力都在節日裡透支殆盡，新年一過一切蕩然無存；人們只得無精打采地回到原先的生活軌道上休養生息。

陸喬大概是個少數的例外：他爲著又可以回學校去而鬆了一口氣，因爲這個假日實在無聊透了——除了一開始的那場災難性的舞會之外，簡直什麼事也沒有、什麼人也見不著。尤其從聖誕節到過年的那幾天，人人忙著與家人團聚：菲比的媽媽姊姊都回來了，廚房裡當然容不下朋友；丹尼的父母親也在聖誕夜趕到，聽說接著就全家去了拉斯維加斯；戴維那些美國化了的家庭更不用說，不是到外地哪個親人家去大團圓就是闔府出門度假去，連固定的籃球練習都取消了。

至於自己家裡，爸爸和虹英一向不做應景湊熱鬧的事，只盡責任地出席過一次公司的宴會；家中照常冷冷清清，連賀年片都不比陸喬收到的多。開學後回到學校，就好像一首熟悉的歌，在短暫的中斷走調之後又恢復到原先的拍子了。

新學期剛開始沒什麼功課壓力，菲比提議星期五下課後去溜冰。南邊一家大購物中心裡有個室內溜冰場，一月間生意清淡，溜一小時免費奉送一小時。節後的淒涼與節前的熱鬧一樣，也是在購物中心最明顯；店家掛著大減價的牌子，上門的顧客卻有一大半是去退換節禮的。

溜冰場外圍的長凳上，併肩坐著腳穿冰刀鞋的陸喬和丹尼。他們羨慕地看著菲比在冰上輕盈地滑行著，小小的身體敏捷靈活得像隻蜂鳥。兩人的臉上都還隱約殘留著受傷的遺跡：陸喬的額頭上有個淡淡的疤痕，不注意倒是看不出；丹尼的上唇靠左唇角處還有個小傷口沒有完全復原；他似乎很在意這個小小的破相，不時伸出舌尖去舐一下，使得傷口痊癒更慢了。在陸喬看來，這個小動作也像是在不斷提醒他那晚的手下無情。

兩個男生對自己的溜冰技術都沒信心，儘坐在場邊有一搭沒一搭地聊天，拖延著不下場去。丹尼看著菲比在冰上進退旋轉自如，若有所思地說：「她前世眞的很可能是愛斯基摩人喔。」

陸喬覺得有趣：「你眞的相信輪迴轉世那一套啊？」

丹尼聳聳肩，「我不確定有，可是更不確定沒有。……我還是寧可相信有，比較好玩。」

陸喬不懂他的「好玩」是什麼意思，正想問，丹尼已先問他了：「Joe，你呢？你相信生命可以像垃圾回收一樣recycle嗎？」

陸喬想了想說：「大概有吧，不然你怎麼解釋某些人天生就具備了某方面的才能，別人學了一輩子也趕不上……或者我們會莫名其妙地就喜歡上一個地方、或者一個人？」

丹尼搖搖頭：「我從來沒有過這樣的經驗。我只有莫名其妙就會討厭一個地方、一個人。」

「那就對了，」陸喬笑道，「一定是你前世住煩了、看煩了的。」

丹尼沉默了半晌忽然問：「Joe，你是不是喜歡米謝兒？」

陸喬沒防到他會有此一問，毫無心理準備之下不知如何作答。丹尼卻並沒有在等他的答案，停了停逕自說下去：「Do yourself a favor——幫你自己一個忙：如果你喜歡一個人，就讓她知道。」

陸喬有些震動，卻也有些迷惑，便保持著沉默。兩人互不相視，都把眼光投向冰上。這時菲比「刷」一下滑到他們正前方停住，扶著欄杆對他們說：「付了錢不下來溜，你們兩個在搞什麼鬼嘛！」

丹尼伸個懶腰站起身來：「好吧，給他溜回本！」

陸喬只得跟著起身，兩人踉蹌走到冰上；剛清掃過不久的冰面比想像中還滑溜，陸喬才一跨步就險些摔一跤，被丹尼及時扶住。

丹尼的手相當有勁，使陸喬想起舞會那晚令他火大的一推。丹尼忽然問起米謝兒，會是什麼原因什麼意圖呢？丹尼的問話使得他無法不繼續想著米謝兒：想到開學後的這幾天，米謝兒每次見到他都笑容可掬地主動打招呼，這又意味著什麼？自己這一點點剛萌芽的希望之苗，隨時都可能萎謝枯死的，只要她的一個眼神一朵微笑就足以澆灌養活，可是她究竟是想要怎麼樣呢——

丹尼緊握住他胳臂的那隻有力的手，似乎停留得過久了一點；微微泛紅的臉孔在這一刻更是出奇的俊美，靠得這麼近可以聞到他呼吸裡有一股像是水果糖的甜香，黑白異常分明的眼睛裡有一種不確定的表情，使得陸喬有點惶惑又有些恍惚……

「如果你喜歡一個人，就讓她知道。」那是do yourself a favor，對你自己行個好。丹尼說的是英語，他是用了「她」還是「他」？陸喬越是回想越是不能確定。就在這時，他聽到溜冰場上播放的歌曲，正是那晚與米謝兒跳舞的那首〈As Long As you Love Me〉；五個男孩溫柔又痴情地反覆吟唱著：「I don't care who you are／Where you're from／What you did／As long as you love me……」歌聲爲他帶回了當時肌膚相親的種種情狀與感覺：自己的手握著米謝兒柔軟的手、手掌摟住她的腰肢、她的乳房輕輕貼著自己的胸腹，自己的下身抵著她的小腹時那種無可比擬無法形容的騷動與快感，一波一波地全都回來了，趁著音樂，在他渾身上下流動著、撫摩著，令他心魂迷離；as long as you love me，只要妳愛我，我什麼都不在乎——

陸喬沒注意丹尼什麼時候鬆開了手。他一個人慢慢溜到人少的角落去，故意躲開菲比和丹尼、躲開所有的人；他只想趁著這首歌帶來的聯想去捕捉那晚的瞬間，讓那些甜美的片斷回憶重播重溫，一遍又一遍，直到那份重現的刺激不再強烈、最後幾乎淡化到若有若無爲止。

第六章

一個多月以來時有時無、斷斷續續的冬雨，終於下定決心似地接連好幾天綿綿不止的落著。陸喬和菲比同時注意到：這已是第三天不見丹尼來上學了。

「打個電話去問問看，」放學後陸喬提議。

「打什麼電話？」菲比說：「走啦，上他家去！」

到了丹尼家門前，兩人的頭髮、衣服都有些濕。陸喬按了門鈴，拂去夾克上的水珠，咕噥道：「妳的車頂竟然會漏雨！」

菲比沒好氣地：「有車坐還要抱怨？」

等了半天丹尼才來開門，看見他倆也不顯得訝異，只是淡淡一笑，神情有些倦怠。他穿著一套他們從未見過的慢跑運動裝，很輕軟暖和的米色料子，想來是當作睡衣穿的。

這是陸喬頭一回走進丹尼家，不免好奇地四處張望。屋子裡有一股陳舊且帶潮濕的氣味，大概是下雨天的關係。其實房子看起來一點也不舊，而且正廳還很寬敞明亮；只是傢具陳設多半是中國舊式的，也不知眞是古董家具還是仿古的，反正那些桌椅檯凳看上去就不像會舒服、坐上去更不舒服就是了。牆上掛的也全是中國字畫，多半都題了給陳什麼什麼先生的，大概就是丹尼的祖父了；陸喬對那名字彷彿有點印象，好像在哪裡看見過——但那是不大可能的事，一定是自己把它跟哪個常上報的人名搞混了。

菲比驚歎：「哇，好像個博物館！」

「可惜我爺爺不在家，他最喜歡聽人家說這一類的話。」丹尼挑起一邊唇角笑笑，「這麼喜歡中國的東西，卻住到美國來，然後大老遠把收藏運過來自我欣賞，眞搞不懂他。」

「奶奶也不在？」菲比探頭探腦四處張望。

「都出去打牌了。我最高興他們兩個都出去，沒人煩我。」

「所以我們就來煩你。」菲比板著臉：「爲什麼三天沒來上學？」

丹尼聳聳肩，「天氣不好。」

陸喬笑了：「這是我所聽過的最有創意的逃學理由。」

「眞的。我的情緒跟著天氣走。」

「你不怕功課趕不上？」陸喬知道丹尼成績並不好。

「功課趕不上，我老爸比我緊張。」丹尼笑笑，「對我來說，那個問題還遠的很。我是幾乎每天早上，就要開始面對一天裡最大的問題：要不要起床。」

陸喬以爲丹尼在講笑，可是一看他的神情就知道不是了。丹尼看看陸喬再看看菲比，慢慢地說：「想想看，那種感覺……早上醒來，不，還沒全醒過來，半睡半醒的，第一個念頭，就是希望最好不要醒來，不要下床去面對……」他還要說什麼想想又閉上嘴，過了一會才再開口：「別擔心，沒事了。我明天就會去上學。」

「明天要是天氣還不好怎麼辦？」陸喬追問。菲比瞪他一眼，瞪到他覺得抱歉了，才轉過頭用輕鬆的口氣問丹尼：

「有沒有吃的？我的情緒跟著肚子走。」

丹尼鬆了一口氣：「我去打電話叫 **pizza**。」

等著 **pizza** 送來的時候，丹尼領他們去他的臥室。那裡比陸喬的房間大很多，配備十分齊全，舉凡電視機、錄放影機、電腦、電話、音響……一應俱全，四面牆卻是空蕩蕩的。

電腦開著，菲比一眼看到螢幕上是網路的聊天站，興奮地問：「丹尼，你上哪個 chat room？你用什麼名字上網？搞不好我們在網上聊過天耶！」

丹尼走過去 sign off，頭也不回的答道：「我用的名字和身分，妳是絕對不可能會有興趣跟我聊天的。」

「我搞不懂你們。」陸喬插嘴，「同陌生人聊天有什麼意思？跟朋友還講不夠嗎？」

「不一樣啊！」菲比說：「有的話連朋友也不好講，垃圾倒給陌生人不是很好嗎？」

「還有，」丹尼轉過身來，「上網聊天像參加化裝舞會，你可以隨意變換身份，沒有人知道你是誰，你卻可以讓人家相信你是另外一個人！」

「那你是什麼人？」陸喬半玩笑地問。

丹尼想了想卻不正面回答，只是斜斜瞟他一眼，「如果你在網上認識我，你會很想、很想跟我做朋友。」

「廢話，」菲比嚷道：「你們本來就是朋友了嘛！」

陸喬不答理她，只對丹尼說：「這就是我的意思：這樣聊天有多無聊啊？找個電腦虛擬的人物豈不更好玩？」

丹尼狡猾地眨眨眼，「嘿，搞不好我們就是電腦虛擬的人物喔！只是我們自己不知道而已。」

菲比興奮地插嘴：「對，有個科幻電影叫做什麼的，講的就是這樣的故事嘛，有沒有，主角以爲自己是個普通人，沒想到其實是被人用電腦虛擬創造出來的……」

他們倆開始這個虛擬話題，陸喬不感興趣地踱到書桌的另一側，無意間瞥見幾本疊放的教科書和一堆紙張之間，露出大半幀彩色照片——雖然鏡頭處理得有幾分朦朧、梳成高髻的髮型也是陌生的，還是看得出那斜側著臉巧笑的美女是米謝兒。這樣精心攝製的沙龍照，卻被隨意地夾在書報紙張之間，陸喬反倒不好意思抽出來細看了。但他實在好奇照片背後會寫些什麼話？

Pizza送來了，三個人圍著一張極大的中式紅木圓餐桌坐下來吃，陸喬覺得

INK PUBLISHING

讀者服務卡

您買的書是：________________________________

生日：________年________月________日

學歷：□國中　□高中　□大專　□研究所（含以上）

職業：□軍　□公　□教育　□商　□農

□服務業　□自由業　□學生　□家管

□製造業　□銷售員　□資訊業　□大衆傳播

□醫藥業　□交通業　□貿易業　□其他________________

購買的日期：________年________月________日

購書地點：□書店　□書展　□書報攤　□郵購　□直銷　□贈閱　□其他

您從那裡得知本書：□書店　□報紙　□雜誌　□網路　□親友介紹

□DM傳單　□廣播　□電視　□其他

您對本書的評價：(請填代號 1.非常滿意 2.滿意 3.普通 4.不滿意 5.非常不滿意)

內容______　封面設計______　版面設計______

讀完本書後您覺得：

1.□非常喜歡　2.□喜歡　3.□普通　4.□不喜歡　5.□非常不喜歡

您對於本書建議：

感謝您的惠顧，為了提供更好的服務，請填妥各欄資料，將讀者服務卡直接寄回或傳真本社，我們將隨時提供最新的出版、活動等相關訊息。

讀者服務專線：（02）2228-1626　讀者傳真專線：（02）2228-1598

廣告回信
台灣北區郵政管理局登記證
北台字第15949號

235-62
台北縣中和市中正路800號13樓之3

印刻出版有限公司　收

讀者服務部

姓名：＿＿＿＿＿＿＿＿＿＿　性別：□男　□女

郵遞區號：＿＿＿＿＿＿

地址：＿＿＿＿＿＿＿＿＿＿＿＿＿＿＿＿＿＿＿＿

電話：（日）＿＿＿＿＿＿＿＿（夜）＿＿＿＿＿＿＿＿

傳真：＿＿＿＿＿＿＿＿＿＿

e-mail：＿＿＿＿＿＿＿＿＿＿＿＿＿＿＿＿＿＿＿

INK

這種情景有些滑稽：似乎只有菲比家廚房的小桌前或者快餐店的氣氛才對。

丹尼看著窗外陰沉的天色，和細細的、固執不停的雨，苦笑著說：「我來到這裡才知道加州也會下雨。在台灣的時候聽過一首美國七〇年代的老歌，好像叫〈It Never Rains in California〉，很好聽。沒想到是騙人的！」

菲比啐道：「聽老歌的氣象預報，有沒有搞錯？」再想了想：「Well，說不定二十多年前加州眞的不下雨耶。」

陸喬自言自語：「台北冬天也下雨——」窗外濕寒的天色和被雨水洗刷的長青喬木令他想起台北的冬日。那裡的老同學們現在做些什麼？最近越來越少跟他們聯絡了。湯圓、李志明那一票人，如果聽到說自己坐著一輛會漏雨的敞篷車，去一間全是中式家具的美國洋房，跟兩個從台灣來的同學吃pizza，大概會覺得很怪異吧？

菲比的聲音打斷了陸喬的胡思亂想。她在問丹尼：「你爲什麼這麼討厭下雨？」

「我討厭雨天那種潮濕、黏答答，很難洗掉的骯髒的感覺。早上醒來，如果聽到外面在下雨我就不想起床。」丹尼輕輕一笑，笑容裡有些悲哀：「其實我小時候很喜歡下雨天的，尤其是夜裡，聽著雨聲我會睡得很好，第二天就賴在床上不起來。……可是長大一點，發現最可怕的事就是下雨天還要出門上學。我不能忍受鞋底褲管沾滿泥濘，那種拖泥帶水讓我好噁心。下雨天就好像整個世界從天到到地都在哭喪著一張臉，又可怕，又難看。可是你拿它一點辦法也沒有。……所以我尤其受不了像現在這樣，完全沒有自由自主的能力，討厭透了一個地方卻沒辦法離開、沒辦法改變任何事情！有時候我眞的會懷疑：我是不是被人用電腦虛擬創造出來的？不然爲什麼我對自己的事都無能爲力？」

丹尼一口氣說完，叉著手臂盯著菲比，好像在問她對自己的回答是否滿意。

陸喬從未曾見過丹尼用語言作情緒的發洩，連上回打架也是悶著頭進行的。不知爲什麼，這番話竟觸到自己心中某個地方，像一種提醒、一種催促甚至挑撥，帶出了他心底那份被囚困的、無路可出的挫折感，以及一股隱隱的憂傷和惱怒，令他不知該如何反應才好。菲比顯然也有些震動，竟然楞了半晌不出聲。室內突如其來的靜默，襯得窗外雨聲分外清晰。

總算菲比開口了：「冷天下雨是討厭。要是下雪就好了。雪多乾淨。我一直希望住到一個冬天會下雪的地方——」

丹尼冷笑一聲，「那妳也來錯地方了，跟我一樣。」

陸喬很想說：「對於你，大概沒有什麼地方是對的。」但沒有說出口。他說出來的是：「負負得正，你們兩個都來錯地方才會遇到一起。」

「那你呢？」丹尼的視線盯住了他的。

遇見米謝兒是對還是錯？陸喬無法回答自己心頭湧上的疑問。要是這裡沒有米謝兒，事情會有差別嗎？我會更快樂一點還是更覺得無聊？

「我寧可留在台北……可是既然來了這裡……」他一時不知該如何表達自己。

丹尼似乎厭倦了這個話題。他伸伸懶腰下了結論：「不管是哪裡，反正去了就會發現不是你想的那樣。就像小時候很想趕快長大，長大了又怎麼樣？」

三個人又沉默下來。黃昏的雨漸漸細了也小了，漸漸也變成無聲無息的；

就像是一切的聲音都被洗掉了。

第二天，丹尼就來上學了。

媽媽實踐了她的諾言，果然在二月的第一個週末來到舊金山。她住城中心一家旅店，事先講好由爸爸開車送陸喬過去。父子兩人臨出門時虹英忽然顯得煩燥不安，不是抱怨家裡什麼東西找不到了，就是心血來潮想起一件非做不可的小事，要爸爸立刻去找去做。這樣折騰了一陣，上車時間已比預計的晚了將近一個小時。

期待已久的重聚終於即將來臨，陸喬反而感到有些難以置信似的；此時虹英種種反常的孩子氣的行逕、故意製造的拖延和耽誤，就顯得好像是一件珍貴的禮物到手之前，勢必要付出的代價和必須克服的障礙。他努力按捺住不耐與不快，冷眼旁觀爸爸心虛的、息事寧人的服從。

爸爸換完一只燈泡之後終於得以脫身了。一路上，陸喬都感覺得到身旁爸爸的緊張，像一種氣味瀰漫在車子狹小的空間裡。他竟覺得有些好笑。到了旅店門口，爸爸停下車卻並不熄掉引擎。

「星期天晚上九點鐘來接你。」停頓一下，「跟你媽媽問好，我不下來了。」

陸喬忍不住激他：「你怕阿姨生氣？反正她一定會生氣的。」

爸爸一臉無奈和不豫，卻還是不曾回話。陸喬隱隱感到一絲戰勝的快意。

就在這時，他們看見旋轉門一動，轉出一個東方女子正是媽媽，兩人急忙各自打開車門走下來。

媽媽向爸爸點點頭：「你好。麻煩你了。」

爸爸清清喉嚨，「哪裡。好久沒見了，妳還好吧？」

媽媽再點點頭，眼光看的卻是兒子。陸喬感覺到氣氛在尷尬中又有些微妙，故意輪番看著父母親卻不出聲。媽媽笑笑，落落大方地問：「要不要進去坐一下？」

陸喬盼望地看著爸爸：「爸？」

爸爸看看手錶，那種匆忙的一瞥令人懷疑他看見了什麼：「不——不用了，謝謝，我後天晚上再來——接喬喬。再見。」

爸爸對兒子點點頭，轉身鑽進車裡。陸喬站在媽媽身邊目送爸爸的車子遠去，不必轉頭也感覺到媽媽變矮也變小了——當然是跟自己相比之下。

走進旅館明亮的大廳，媽媽止步對陸喬凝視片刻，然後伸出手臂把比自己高出一大截的兒子摟住。陸喬覺得全世界的人都在看他被當成像個嬰兒一樣，拚命忍耐了幾秒鐘，還是忍不住掙脫了。

媽媽讓他站遠一些再細看，歎口氣：「長高了！五個多月沒見到了。」

「五個月零二十一天。」陸喬一個字、一個字地說。

「錯！是二十二天——你忘了，從台灣來美國，日期上賺一天。」

陸喬翻翻眼珠。他的老媽就是有這個本事，服了她。

進了房間，媽媽把一個包著藍紅相間彩紙的禮物盒放在陸喬手中。「Happy birthday。再過五天就十六歲了——美國算足歲。」

陸喬撕開包裝紙，打開盒蓋：一只銀色的男錶。他早已厭煩了腕上這只液晶顯示的卡西歐電子錶，只是不懂媽媽怎麼會知道學校裡流行這種有指針的金屬手錶？他儘量想要裝得滿不在乎，還是忍不住立即除下舊錶戴上新的。錶鍊長短也正好。長方形的錶面上有兩圈時計；上面一個是舊金山此地時間，下面一個……他不用換算就知道是台北時間。

「妳怎麼知道我想要這樣一個錶？」他滿意地端詳自己的手腕，並不期待回答。答案他本來也知道。

媽媽笑笑，遞過來另一個包裝精美的盒子：「這個是吳叔叔送你的。」吳叔叔就是吳崗，媽媽的男友。陸喬聽到這個名字就把臉一沉，接過禮物盒拆也不拆，隨手往床上一扔。「我們去吃東西好嗎？我餓了。」

晚飯是在一家氣氛很好的西式餐廳裡吃的。出國前媽媽給他上過一堂西洋餐桌禮儀課，可惜一直派不上用場。今晚除了一開始錯拿了媽媽的麵包碟之外，陸喬總算沒把學到的全部忘光。

窗外是舊金山的夜景，一棟棟燈火璀燦的高樓盡頭，綿延出兩串平行起伏的燈線，標幟著一座壯觀的吊橋。

「那是金門大橋嗎？」陸喬問。

「不，從這個角度看不到金門大橋。那是海灣大橋，通往柏克萊的。」

「來了這麼久，都還沒看過金門大橋。」說出口了才覺得自己講話的口氣有點抱怨的味道，其實這並非他的本意——即使他要抱怨什麼，也絕不是這一類的事。好在媽媽似乎並沒特別注意，只是接上了話題，興致很好地表示她租了車，明天可以同他把這一帶名勝都逛一圈。

過了一會，陸喬開始對媽媽的頻頻含笑注視感到吃不消了。「拜託不要一直看人家吃飯好不好？害我都吃不下了！」

媽媽笑道：「這還叫吃不下，那你吃得下的時候有多恐怖？……對了，那個周阿姨燒菜怎麼樣？」

陸喬故意氣她：「不怎麼樣，不過比妳還是高明一點。」

媽媽倒是毫不在意，「她平常跟你談些什麼？」

「開什麼玩笑？跟她說話根本不能算談話。」

「那你跟爸爸呢？」

陸喬沒好氣地：「爸跟人的溝通方式，妳比我更清楚。」

「你是說毫無進步？」

「這可是妳說的。」

媽媽停了半晌，才放沉了聲調說：「喬喬，你在這裡happy嗎？」

陸喬對這種明知故問的答覆是把眼珠朝天轉一圈。媽媽嘆口氣：「我這樣做眞的是爲你好。將來你會懂的。」

陸喬不耐煩了：「將來！將來的事誰知道？你們說話怎麼都是一個樣！」

「誰是『你們』？」

「妳跟爸爸呀！你們這些成年人！」

「成年人就怎麼樣？」媽媽皺眉卻還是含笑問。

陸喬聳聳肩，「講話拐彎抹角，沒有誠意！」「誠意」這個詞是用英文講的。

媽媽沉吟半晌，決定轉換話題：「你信上說交了些新朋友……」

陸喬誇張地：「是呀，我交了很多朋友，他們對我都很好！」

媽媽笑：「有女朋友嗎？」

「當然啦！男『的』朋友、女『的』朋友都有啊！」

「找他們明天來一起玩玩？」

陸喬瞪大眼睛研究媽媽的表情，究竟有多少開玩笑的成分。「有沒有搞錯！要把我的朋友嚇跑是不是？」

他看出了媽媽眼睛裡的調皮，才放心地低下頭去吃盤中最後一塊牛肉，但不無好奇地想像著：如果此刻菲比和丹尼坐在桌子的另外兩邊，會是什麼樣的情景？他們會說些什麼？還是——什麼也說不出來了……他想像菲比彆住不說話，不禁微微笑起來。

兩天的時間，過的當時感覺很快，可是由於每天從早到晚活動那麼緊湊而充實——就算中間也有哪裡都沒去的空檔，只是在旅館房間看看電視，對陸喬來說也是與媽媽相聚的一個「節目」——過完之後回想，感覺上卻又像比平常日子長了幾倍似的。然而再快也罷再長也好，到了即將結束的時候，總有一種不知如何話別的緊張與焦躁不安。

旅店的門廳裡，母子倆坐在看得見正門的雙人沙發椅上。陸喬板著臉——他還沒有學會怎樣面對憂傷，只能用最直接的憤懣來表示。

媽媽柔聲說：「你明天要上學，我有事要辦……」

陸喬打斷她，「缺一天課有什麼關係？妳出去辦事，我可以在房間裡做功課等妳……到底什麼事那麼要緊嘛？」

媽媽不回答，陸喬抿緊嘴唇盯著她看，表明了堅持不退讓。她沉吟半晌才說：「公事，要跑一整天的。」

從她的語氣聽得出有些話並不想告訴他。陸喬忽然昇起一種奇怪的自尊心，不願追問下去了。媽媽和他雖然親密，但是她還是有自己的一個世界——大人的世界；即使是他：作爲她唯一的兒子、最親的人，也不一定能夠走得進去的。他的情緒更低沉了：「那妳什麼時候再來？」

「我沒有假了。暑假你就可以回台灣呀。」

「還要那麼久！」他顧不得這賭氣的口吻顯得有多孩子氣。

媽媽苦笑：「小孩子覺得久，對我們好像一晃就過去了！」

總算逮到借題發揮的機會了，他氣勢洶洶地逼問：「妳說誰？誰是小孩子？」

媽媽不接碴，只顧朝門外張望：「好像是你爸的車來了——是他。」她站起身，看進兒子的眼睛，用英文說：「答應我，好好照顧你自己。」

陸喬也站起身來，慌亂中半是惱半是窘地躲開她的眼光。「知道啦。妳也是。」

媽媽溫柔地把兒子攬進懷中，輕輕拍兩下他厚實的背脊。陸喬這次沒有掙脫。他呼吸著媽媽的氣味，那樣溫和、柔美而熟悉的氣味，這時聞見竟然令他鼻酸。

媽媽回去之後好幾天，陸喬一直覺得需要獨處，需要一些空間來調整自己的情緒。媽媽帶來的像是一種提醒、一種牽扯的力量，他感到自身有一部分被拉回去，回到他好不容易才漸漸可以拋諸腦後的過去，他需要時間調整回來，回到現在。

星期一剛到學校的那一刻，他有種奇怪的陌生感，有些像去年夏天眼中初見的校園，只是一下子被施了魔法般擠滿了人，陌生的人……然而當他看到菲比、丹尼、米謝兒、戴維這些熟面孔時，一切又都恢復到正常運行的軌道了。他覺得自在了些，同時卻又惘惘若有所失；好像忘了一件跟媽媽有關的事，又像是媽媽帶走了一些東西，卻都是他說不上來的。只有腕上的新錶，他還不習慣那涼涼的觸覺，因而時時提醒著他：媽媽來過又去了。

第七章

十六歲生日那天，陸喬雖然明知道在這裡除了爸爸之外不會有人知道他的生日，還是感覺到自己懷著一份祕密的期待——但他究竟期待著什麼？一份意外的禮物和祝福的驚喜嗎？來自誰呢？連他自己也不知道。雖然下午媽媽來了電話，但也只比例行的談話多了句「Happy birthday」而已，並不會帶給他任何驚喜。

那晚虹英下了麵當晚餐，想必是來自爸爸的授意。不過吃麵在他們家很平常，甚至是權宜之計：有時忘了煮飯，就下乾麵條應急。吃著沒有什麼特別味道的麵條，陸喬儘量不去注意自己心裡那個小小的、可是異常頑強的期待的火苗——也許越不去想它，事情才越有可能發生吧？然而整個晚上爸爸絕口不提學車的事，不知是忘了還是故意的。隨著夜漸深、爸爸終於回房睡去，他才把最後一絲希望，像一枝無形的生日蠟燭般吹熄。頓時一片黑暗。一股奇異的自尊心使陸喬決定不再主動開口。何況——他想到：即使考上了駕照，車呢？他能開誰的車？

媽媽臨走時給了他一筆零用錢，他再仔細地數了數，小心地收藏在衣櫃角落的一只鞋盒裡。他下決心從現在起不再隨便花錢，有計畫地把零用錢存起來，也許不久之後到學校附近的小銀行開一個存款賬戶。十六歲——他想這該是時候了，生平第一次，爲自己的未來作一點規畫，即使是那樣遙不可及的目標。

第二天悵悵地到了學校，卻發現菲比顯得非常煩躁而且沮喪，丹尼悄悄告訴他原來是通心粉失蹤了。

「都是我媽啦，」菲比抱怨道：「她出門拿信，想說幾步路來回，不需要把門關緊，誰知道通心粉就一溜煙跑出門不見了！牠以前不會這麼野的，我媽說春天來了，通心粉出門找伴了。」

「妳沒有給牠……動過手術？」陸喬問。其實他也是一知半解，印象中美國寵物都是動過某種手術的，就會乖乖呆在家裡，對出門找異性沒有興趣。

菲比瞪大眼睛：「我的天，通心粉究竟是男是女我都還沒搞清楚耶！我一直當牠是女的，還笑說我們家是女生宿舍，可是現在看牠這種行爲，想想又不太確定……」

「妳是說只有公貓會出走，母貓就不會？」陸喬好奇地問。

菲比不理會他，繼續自說自話：「當初就是撿來的，現在不知道給什麼樣的人撿去了。被人撿去收留還好，最怕變流浪貓。通心粉被我照料侍候了將近一年，可憐的貓咪，大概已經喪失獨力求生的本領了！天哪，只希望通心粉不要碰上那隻惡犬O.J.……」

一直沒說什麼的丹尼開口了：「通心粉可能只是吃厭了妳煮的東西，找到另外一家換換口味而已，過一陣就會回來的。」

丹尼故作幽默的安慰，聽在菲比耳中變成了風涼話，引得她怒目以視，丹尼只好吐吐舌頭閉上嘴。菲比當天就寫了一張「遺失愛貓」的告示，詳細列出通心粉的毛色、體型、特徵，附上自家的地址電話，去影印店裡拷貝了許多份，然後吩咐陸喬和丹尼幫她在家附近各處張貼。向來都是懶洋洋的丹尼，竟然非常起勁地跑遍附近的大街小巷；不但菲比感動，連陸喬也有些感到意外。

幾天過去毫無動靜，菲比倒是冷靜了下來，篤定地說：「通心粉很戀家，等牠玩夠了，總有一天會回來的！」

他們張貼的告示逐漸撕落飄散，通心粉還是沒有回來。

校園裡張貼著大幅海報，預告學期中的盛事：全校四個年級的聯合春季舞會。這一陣大家見了面多半會問：找到舞伴了嗎？你找誰？他或者她答應了嗎？某某約你了嗎？……

雖然預告春天就要到了，然而天氣依然是陰比晴時多，好像冬天還不肯乾脆痛快地走開去，雖然明知自己早已不受歡迎了。幸而有春季舞會這樣的節目，像一份季節變迭的承諾與保證。海報鮮艷的顏色、歡躍的字體和快樂的宣告，好似在對每一個走過它面前的人招手。

陸喬像要被吸進去似地凝視著海報，耳邊似乎輕輕拂過呢喃耳語般的歌聲：as long as you love me……他深吸一口氣，暗暗下定了決心。

站在長廊的貯物櫃前面，陸喬假裝在狹小的櫃子裡翻找什麼東西，視線卻投注在長廊的另一端。他的手心緊張得微微冒汗。

菲比不知從哪裡冒出來的，一下子就站在他面前了。「嗨，回家嗎？」

陸喬吃了一驚，把手在褲子上擦了擦，不大自然地說：「我在找一樣東西……」見菲比站著不走，似乎還想幫忙的樣子，他有點發急了：「明天見！」

菲比有些疑惑地跟他道了再見，轉身離去。陸喬壓下心中的負疚，繼續他的守株待兔；這下不敢只看一個方向了，四面八方的張望使得他更加緊張。還好過不多久，米謝兒就踩著輕快的步子來到她的櫃子前面。陸喬挺直身子，迎向她去。

「嗨，米謝兒！」

米謝兒淡淡地抬抬眼皮：「嗨 Joe。」

陸喬一鼓作氣唸出私下演練了幾十遍的台詞：「我想請妳在學校的春季舞會裡作我的舞伴。」

米謝兒這才正眼看他，臉上不帶絲毫表情。陸喬深呼吸一口氣，鼓起勇氣與她對視，並且準備好接受最壞的一擊：一個簡單的「No」。說吧，我承受得起。

然而她並不立即開口。一種狡猾而帶點戲謔的表情，慢慢浮現在她的眼睛和唇角。「菲比怎麼辦？」

陸喬怎樣也沒想到，自己像屏息等待判決般得到的答覆，竟是這樣一個完全出乎意料之外的反問。他沒有思索餘地就衝口而出：「我跟她不相干！」米謝兒微露一絲笑意：「我想一想。Bye。」就關上櫃門扭身走開了。

陸喬把額頭貼著冰涼的鐵櫃門，讓自己從緊張中慢慢放鬆下來。「我想一想」——她竟然沒有一口拒絕！他在難以置信的驚喜中不知飄浮了多久，才漸漸回過神來。周遭空蕩蕩的，大多數人都已走光了。

離舞會那天只剩一星期不到了，陸喬的焦慮日日爬昇，他已不能忍受跟任何人說話——尤其是跟好朋友。他每天處心積慮地躲開熟人，這天放學後獨自坐到球場邊的長凳上，卻還是被逮到了。

丹尼遠遠就看到他，陸喬知道逃不過，眼睜睜看著丹尼不慌不忙地踱過來。「嗨，西北風好喝嗎？」

「你還沒回家？」陸喬只好沒話找話。

「我正要問你同樣的問題呢。」丹尼說：「菲比在奇怪這幾天放學都沒看見你。怎麼回事？」

陸喬心虛地聳聳肩：「沒事。」

丹尼也聳聳肩：「Fine。那我走了。」

陸喬還是忍不住出聲：「丹尼！」見丹尼停下腳步轉過身來他又氣餒了，遲疑半晌才結結巴巴地問：「你……學校的舞會……你會去嗎？」

「那要看我到時候是不是想去。」丹尼一副無所謂的樣子。

「所以你並沒打算先約舞伴？」

丹尼竟然單刀直入：「怎麼樣，你想約米謝兒？」

陸喬沒防到丹尼會這麼直截了當，立即本能反應地用防衛的口吻說：「你鼓勵我去找她的嘛，不是嗎？」

丹尼不答只問：「你問過她啦？」陸喬點頭。「她答應了？」

「她說要想一想。」

「那就等於是yes了。」丹尼肯定地說，隨後又加上一句：「我很瞭解她。」

後面這句話也許只是用來加強語氣的，聽在陸喬耳裡卻很不是滋味，酸酸的幾乎要抵消掉前一句帶來的喜悅了。

陸喬忽然發現丹尼是獨自一人，這才內疚地想起來：「那菲比——」

丹尼故意板著臉接下去說：「菲比在等你邀請她啊！」看見陸喬著急的神情卻又不忍逗他了，「沒有啦，春季舞會又不是什麼大不了的事！」他輕鬆地拍拍陸喬肩膀：「Have a wonderful time!」

陸喬這才完全放心了。盤桓多日的焦慮總算可以擱下了，心中這才有了空檔容得下其他思緒：他開始對自己躲躲藏藏的行爲感到慚愧，對丹尼更是懷著感激，連帶著對菲比也一樣；他覺得這兩個朋友已經洞悉了他的祕密，卻寬大地放過了他。

星期五。舞會就在明天了——這是米謝兒答應給他答覆的最後期限。陸喬緊張地看著米謝兒遠遠走過來；十幾秒鐘的時間裡，先是嫌她走得慢，隨即又嫌她走得太快了——事情會不會在最後一秒鐘發生恐怖的轉折？

陸喬覺得喉嚨發乾，「米謝兒，關於明天……」

米謝兒含笑睨視他：「你幾點鐘來接我？」

陸喬一時不能會意：「接妳？」但立即懂了，而這是他沒有想到的狀況。他的腦中一個字母也跳不出來，只聽到米謝兒還在問：

「七點一刻怎麼樣？你到過我家，該知道怎麼來吧？」

陸喬力圖鎮定，用沒有異樣的聲調說：「當然！」

米謝兒說聲「Bye」，便款款走向路旁她母親駕駛的Jaguar而去。

陸喬呆呆站在原地，腦中一片混亂，只有一個聲音反覆播放：怎麼辦？怎麼辦？

晚飯桌上，陸喬心不在焉地把食物一口一口撥進嘴裡嚥下肚，好像連咀嚼都忘了。直到飯碗空了，他終於下定決心放下筷子，試探地說：「明天晚上，學校有一個舞會……」

爸爸頭也沒抬，「噢。」

虹英邊把湯盛進碗裡邊說：「正好我們也有事，一整晚都不在家。你好好地玩啊。」

陸喬注視著面前的空碗、碗裡黏附的幾顆飯粒和菜屑，像看不懂它們似的。

「晚上出門不要騎車。」爸爸這才抬起頭，「你有同學可以開車接送你的，是不是？」

陸喬機械地點點頭：「唔。」

回到自己的房間，陸喬怔怔地看著漆黑的窗外，想著如果自己還在台灣，哪裡會有這種沒車就等於沒腳的煩惱——可是那就永遠遇不到米謝兒了。如果米謝兒也在台灣呢？如果是在台北，他約她出去該有多簡單，只要……

他忽然站直身子。想了一下，便走去家庭間的茶几下找到一本「電話黃頁簿」，躡手躡腳地帶回房裡。翻到「Taxicabs」那頁，還好，看起來本地有不少家計程車行，而且都註明「電話隨叫隨到」。

然後，他慎重地從衣櫥裡取出鞋盒，再仔細數一次，才抽出兩張二十元面額的鈔票。

爸爸和繼母週末難得有事，這天竟然破天荒下午就出門了，給了陸喬充裕的時間做準備工作——除了打電話訂車、騎車出去買花等等之外，就是打扮自己了。他一直無法決定該穿什麼樣的服裝：平日上學的衣著，上次穿去米謝兒家的聖誕舞會就顯得寒酸；但若是穿成套的西裝——出國之前媽媽爲他定做了一套，準備將來畢業典禮穿的——到底這還是在學校裡，萬一別人都穿得很隨便，只有他像個搞不清狀況的老土怎麼辦？

最後他決定採取安全的折衷辦法：穿襯衫、打領帶、配休閒褲，外罩那件西裝上衣；如果情況顯得不對，立即扯下領帶脫去上衣，就跟大家一樣隨便了。

剛上計程車他實在有些緊張，還好這個看起來像印度人的司機並不多話，而且很順利地就按照地址找到了米謝兒的家。就因爲太順利了，竟比約好的時間早了幾分鐘。陸喬請司機稍等，自己趁這段時間閉上眼睛調勻呼吸，心中預習著等一會見到她的情景、今晚要講的話——包括幾則機智的小幽默，以及跳舞時怎樣起步、自己的手要放在她身上的哪一處……

他忽然發覺預習變成了胡思亂想，一驚之下睜眼看錶，正好是時候了！急忙跳下車去按門鈴。過了片刻，米謝兒打開門走出來；她的穿著與平日上學的差不多，臉上也沒有刻意化妝。雖然還是一樣嬌艷動人，陸喬卻感到些微的失望——難道她並不把這次約會當作有什麼特別嗎？她這麼穿，自己豈不是顯得與她不搭配了？

心中轉著這些念頭的同時，陸喬還是按照預定的步驟，呈上一枝長莖的紅玫瑰花。莖上的刺早已被他細心地掐掉了。

「噢，謝謝你！」米謝兒接過花聞了聞，眼睛對著陸喬上下掃瞄一次。待她發現了計程車，先是一怔，隨即向他抿抿嘴唇笑道：「Joe，你處處出人意料！」

陸喬小心翼翼地扶她坐上車。他聞到她散發出的濃郁的香水味，心中感到安慰多了：她特別灑了香水——爲了他。他預感到這將會是一個甜美的夜晚。

室內體育館被粗枝大葉地佈置成舞會會場：籃球架上披掛著五顏六色的彩

紙、汽球；球場兩端各一排長桌，擺滿了吃的喝的和紙碟紙杯。平日顯得空闊的場地，今晚黑鴉鴉擠滿了人竟顯得小得多；加上節拍強悍的音樂、交雜著學生們肆無忌憚的高聲談笑，令人一踏進門就像是被聲浪當頭罩下、團團包圍了。

陸喬立刻就發現：絕大多數的人都像米謝兒一樣穿著平日的衣著，自己的精心裝扮完全格格不入。他感到羞窘又懊惱，趁著跟在米謝兒身後擠過人群的空檔，悄悄扯下領帶塞進口袋裡；可是一時還無法脫掉西裝，因爲手裡正拎著米謝兒忘了拿的玫瑰花。

米謝兒左顧右盼不斷跟人打招呼，好不容易停下腳步，陸喬連忙把花遞上去，她漫不經心地接過來拿在手上甩著，過不久便隨手擱在一張凳子上了。

陸喬從未發現米謝兒竟有這麼多死黨，幾乎每當他想邀她下去跳舞時，就有人過來跟她說上一大堆沒完沒了的廢話。好不容易才鑽到一個空隙，他急忙把她半請半拉地帶進場中央跳舞的人群中去。不幸接連幾支歌曲都是那種各跳各的快節奏歌曲，米謝兒一下子就進入情況，沉醉在自己的舞姿裡，似乎完全忘卻了她的舞伴；陸喬只得緊盯著隨她打轉，又不敢靠她太近，以免影響到她揮灑自如的動作。

謝天謝地終於盼到了一支慢的，陸喬急忙牽起她的手、攬住她的腰，不敢有片刻的遲疑，惟恐她停下來走開或者別人乘虛而入。米謝兒大概也跳得累了，微微喘著氣，把頭靠在他胸前懶洋洋地原地踩步。剛運動完的身軀散發著熱氣，把她的香水蒸發得芬芳四溢。陸喬半閉著眼，被她的香味包圍著，她的髮絲輕搔著他的臉頰、她的體溫烘焙著他的……他享受著這幸福的時刻，只希望時間停止、而音樂永不要停止……

音樂停止了。米謝兒抬起頭，鬆開他的手。「我們休息一下吧。去拿杯喝的給我好嗎？」

陸喬依依不捨地朝向長桌走去，走了幾步回頭望望，米謝兒已經加入一群正在說笑的男女生了。

人越來越多，舀一杯果汁就像打仗似的，手上端著飲料擠過人叢更加不易，好幾次險險被出其不意伸出來的手肘臂彎打翻。待他擠到米謝兒身旁時已滿頭大汗了。

陸喬討好地把飲料遞上，米謝兒卻不在意地舉舉手裡的杯子說：「謝謝，我已經有了。」然後繼續她與那四五個男女孩子饒有興味的談話，每隔幾句就爆出一陣默契良好的大笑。陸喬不知他們說的是誰、更弄不清有什麼好笑的，站在一旁完全插不上嘴，也沒有人理會他。

眼看這樣的情況還會持續下去，陸喬忍不住輕聲向她提醒自己的存在：「米謝兒——」

顯然沒聽見。他只好放大聲點：「米謝兒！」

米謝兒的話頭半中央被打了岔，很不高興地偏過臉白他一眼：「什麼嘛！」

「我們跳舞吧！」他幾乎是懇求地。

米謝兒頭也不回：「等一會，」然後繼續敘述她和某個人上週末在購物中心發生的趣事；每個人都聽得津津有味，陸喬卻感到渾身不自在，站也不是坐也不是，終於下定決心附到她耳畔低聲說：「我去走走馬上回來。」

米謝兒好似沒聽見，陸喬只得訕訕地走開。他在人叢中漫無目的地擠來擠去，發現幾乎每一個人都屬於一個談笑風生的小圈圈；偶爾碰上認識的人，都只是朝他打個隨意的招呼，就又回頭找自己的人去了。

幾乎全校的學生都擠在這裡，卻不見菲比和丹尼。此刻如果見到他們，他會毫不猶豫地走過去——他已經忘了幾天來自己一直有意地躲著他倆。

陸喬百無聊賴地逛了一圈回到原處，米謝兒和她那幾個朋友都不在了。他探頭朝舞池看了半天，發現她在跟一個高年級的金髮男生跳舞。陸喬努力作出不在意的樣子，用腳尖打著亂七八糟的拍子，卻聽見身後兩個女生在咕咕竊笑，回頭正好碰上她倆的眼光。他不能確定她們是不是在笑自己、是不是在笑這身可笑的穿著……不管怎麼樣，他是無法繼續裝得若無其事站在同一處地方了。

還是繞著圈慢慢走，這次是與剛才相反方向。忽然，眼前地上出現一朵被踩扁的玫瑰花。他止步正待彎腰細看，一隻穿著NIKE球鞋的大腳匆匆踩過去，接著是一隻穿著厚底女鞋的，然後……

他走到門邊，深深吸一口新鮮空氣，與自己爭辯著還要過多久再回去找她。正在這時，他聽到好像是米謝兒的聲音發自身後，急忙轉過頭去。

果然是米謝兒。她顯得有些意外：「喔，你在這裡！我正在找你呢。」指指身旁剛才跟她跳舞的金髮男孩說：「克里斯有輛大車，他要帶我們去吃宵夜。你要一起來嗎？」

陸喬看看米謝兒和她的朋友們，同時估量著她最後那句話的誠意。他再也哄不了自己了。「不，謝了。……妳吃完了還回來嗎？」

米謝兒聳聳肩：「當然不了，這裡這麼無聊。待會克里斯會送我回家。對了，謝謝你接我。Bye！」

陸喬目送米謝兒和她的朋友們說著笑著離去，那些嘻嘻哈哈的雜音卻飄游在周遭，如迴音般久久不散。

他在門邊不知站了多久，才邁開大步朝向回家的路埋頭疾行。走了一會才發現下雨了，而且愈下愈起勁，從毛毛雨演變為顆粒分明的大雨滴。他不為所動地繼續走，心中只有一個念頭：回到自己房間，蒙頭大睡，最好很久、很久都不要醒來。

第八章

星期一早上他還是準時醒來了，而且沒有選擇地照常去上學。他只希望能躲得大家遠遠的，也不要有任何人來理會他。他感覺一種迫切的需要：跟這個世界保持距離。

才走到長廊附近，陸喬便感覺到氣氛有異；學生們三五成群、面無笑容地竊竊低語，有幾個並不熟識的還偷偷瞄他，碰上他的眼光卻又趕忙避開。他告訴自己不要疑神疑鬼，逕自鎖好櫃門走向數學教室，遠遠看到菲比被幾個女生圍著。一種難以形容的怪異感覺突然襲上來——他遲疑卻又焦急地走過去，冷不防就看見菲比慘白的臉。

他永遠不會忘記她那時臉上的表情——雖然明知在他出現之前她的表情已經是那樣了，可是乍然看見便會錯覺這一切是因自己而起：他自己是個不知情的信差，卻帶給她最最絕望恐怖的信息……

菲比口裡還在嚷：「我不信！就是不信！」忽然對著他說：「走！我們去他家！」

陸喬問：「發生什麼事了？」他預感到這個問題的答案是他並不想知道

的。

菲比張張嘴，卻沒有聲音出來。旁邊一個女生急急地說：「是丹尼，丹尼陳——」

另一個女生用帶著嘶嘶的、發抖的聲音接下去：「他上星期六夜裡自殺了，聽說是用刀片割腕的！」

「在他家的浴室裡！」第一個女生低聲補充道。

陸喬覺得沒有聽懂她們的話——這些女生在說什麼？他望向菲比，是求證還是求救，自己也弄不清。卻見菲比已經一甩頭匆匆走向停車場，他急忙跟上去，在她身後喃喃自語：「不可能的，開玩笑，有人搞錯了，怎麼會……」

菲比大叫：「你閉嘴好不好！」

進了菲比的車，人都還沒坐穩，車子就衝上路了。陸喬一路上都不敢再說一個字，何況心亂得一個字也說不出來。菲比竟然相當冷靜地把車開到了丹尼家門口。可是當她下了車奔向大門時，她最後一絲自制力終於崩潰了，又按門鈴又打門，動作愈來愈激烈得幾乎歇斯底里。

門開了。露出一個面容憂戚疲倦的中年男人的臉。菲比喘著氣，說不出話。

陸喬替她說了：「我——我們是丹尼的朋友……」

男人看看他再看看她：「我是他爸爸。」

「丹尼他……」陸喬正不知該怎麼問，屋裡面傳來一個女人的聲音：

「什麼人？」

男人轉回頭去：「丹尼的朋友。」

「丹尼的朋友？」女人的聲音大起來，帶著哭腔：「丹尼就是被朋友帶壞的！這些美國小孩害死了丹尼，他們還來做什麼？」

三個人對視著，一個字一個字清清楚楚地聽了進去。

陸喬用力呑口唾液，問：「可是，丹尼他，爲什麼……」

丹尼的父親瞪視他半天，然後茫然地上下左右四顧一遭，才幽幽地說：

「你問我，我問誰呢？」

門被關上了。菲比愣了片刻，開始對那扇門又拍又打又敲，兩手弄得通紅，可是再沒人來應門了。陸喬好不容易捉住她發抖的雙手，接著夾住她的胳臂，使勁把她拖回車裡。

坐在駕駛座上，菲比平靜了下來，一動不動。兩人直視前方，誰也不看誰。

陸喬有一種飄忽不實的感覺，好像觸的碰的都不是抓得住的固體。他開始自言自語，「爲什麼？爲什麼？……」聲音漸漸恍惚起來：

「我最後一次見到他，他跟我有說有笑的。他對我說的最後一句話是『Have a wonderful time!』……」

他搖著頭，慢慢重複：「Have—a—wonderful—time——」

菲比只是坐著，不動也不出聲。陸喬著看她沒有表情的側臉，再看看丹尼家緊閉的大門。……聖誕夜，他倆也是這樣坐著，丹尼下了車，被他打腫的嘴唇帶著有點滑稽的微笑，對他們說「Merry Christmas」，然後輕盈地小步倒退著走向自己家門。

陸喬陪菲比回家。進了廚房，一眼看見冰箱旁邊地上還擱著通心粉的空飯碗，才忽然有想哭的感覺，拚命忍住了。此時此刻他必須照顧菲比，不能崩潰。

菲比呆呆坐著，陸喬倒了一杯牛奶放她面前桌上。電話鈴響了許多聲，菲比置若罔聞，陸喬只好去接。一個女孩的聲音說找菲比林，他看一眼菲比便代她回道：

「她現在不能聽電話。哪裡找？」才問出口便想起這好像是米謝兒的聲音。對方立即啪的掛斷了——這也像米謝兒的風格。

陸喬掛上電話，在菲比對面坐下。「女的，沒說是誰。大概是來問丹尼的事的。」

菲比幾次張開口，終於發出聲音；空洞而緩慢的、幾乎不帶感情的聲音：「星期六晚上，我從他家接他去學校的舞會……」接著就敘述那晚的情況：

「我們去得比較晚。來到體育館門口的時候，從裡面不斷湧出一波一波的音樂聲、笑語喧譁聲……丹尼忽然停住腳步，說他不想進去了。我起先有點生氣，不過丹尼這個人反正就是這樣，就決定不管他，自己進了會場。

舞會已經開始了好一陣，正是人最多、興致最高昂的時刻，空氣熱烈得有些窒悶。我到處走走看看，跟認識的人打打招呼，也有一兩個女生拉住我扯了些閑話。不多久就看見你了，正在全神貫注地跟米謝兒跳著一支快舞，好像全世界除了米謝兒別的都不在你眼睛裡了。坦白講我一向討厭米謝兒那種誰也瞧不起的樣子，卻不得不承認她跳舞還滿好看的，長長的手和腰像緞帶那樣波動，好像裡面沒有骨骼似的。

看了一會正想走開，一杯飲料遞到面前。轉頭一看是丹尼。

『你不是不想進來的嗎？』我故意對他板著臉。

丹尼四面望望，縐縐眉說：『妳不覺得這麼多人好煩嗎？』

我朝向舞池指給他看：『Joe 在那邊，跟米謝兒。他看起來好happy。』

丹尼往那邊看了看，歎口氣，『可憐的傢伙。祝他好運！』

這下輪到我皺眉了：『你怎麼回事嘛！吃錯藥啦？』

『Sorry。我不大舒服。』丹尼說。

『那我們走好了，』我說，『我也覺得這裡空氣不好。去快樂甜甜圈坐坐吧！』其實我也是忽然覺得好無聊。

丹尼跟著我走出來。夜空雲層很厚，空氣又陰沉又濕冷，完全不像春天的樣子，難怪他要鬧情緒。

走到車子旁邊，丹尼停下腳步低頭說：『菲比，怎麼辦，這裡不好玩。』

我有點不耐煩：『我們不是走了嗎？還嚕嗦什麼？』

『不，我是說，這個地方——這個世界，眞不好玩。』

這時我才聽出他的聲調非常地認眞——現在回想起來，還有……非常地悲哀。可是當時我只當作是他又一次間歇性的情緒低潮，早已司空見慣了，通常過兩天自然會好的。不過我還是忍不住訓了他兩句，那也是我一貫安慰他的方式：『拜託，誰跟你保證過好玩的？你自己不是也說過嗎，連迪士尼樂園都有不好玩的時候！』

我一口氣說完就打開車門坐進去，丹尼卻站在車門邊，用很認眞的口吻說：『可是，怎麼就沒有人問過我想不想來呢？』

我當時實在是有點氣，很想罵他講出這種腦筋短路的話，難道不會想想：又不是小孩子，長這麼大了，好不好玩也不能全怪別人，自己也要負點責任吧？可是不知道爲什麼，聽到他這樣說突然也感覺好難過。奇怪自己從來沒有想過這樣的問題，可是現在一聽到竟然有一種想哭的感覺，便不忍心再罵他了，只是叫他上車再說。他卻凝視著後座破爛的皮椅，自言自語似地問：『什麼樣的人，會用刀片把好好的東西割壞？』

開了一段路，丹尼說他吃不下東西，不想去甜甜圈店了，請我送他回家。到了家門前，停住車，丹尼卻坐著不動。

『你沒事吧？』我還是有些不放心。

他搖搖頭，忽然轉身緊緊抱住我。我吃了一驚，可是立刻感覺到他只是需要一個 hug，隨即也伸出手臂擁抱他。丹尼只是默默抱著我不動，過了很久才放開，然後向我笑一笑，說：『謝謝妳，菲比。』

丹尼下了車，回過頭來向我揮揮手，慢慢地用退的步子走了一小段路。當時我就覺得那姿勢眞特別：又好看，又像是捨不得跟你道別、不想讓你看到他的背影……。看著他，心中感覺暖暖的，可是不知爲什麼又有點想哭。他一直退到門口才轉過身去。

我看著他消失在漆黑的門裡。然後，感覺有水滴到臉上——下雨了。」

菲比敘述完，小小的廚房又寂靜下來。如果通心粉還在，牠打呼嚕的聲音此刻一定清晰可聞。陸喬忽然非常想念通心粉，他這才明瞭通心粉不見了，菲比有多傷心。

現在是丹尼。

陸喬陷入自責的情緒：「如果——如果那晚我不約米謝兒，一直跟你們一道，也許……」

菲比打斷他，「他還是要一個人回家啊。我在想，如果——我們做朋友的，能使他快樂一點……」

陸喬搖搖頭：「只有我們是不夠的。」

「如果……他不來美國，也許就不會……」

陸喬想了很久，「那我們就不會認識他，也就永遠不會知道他發生了什麼事。」

「也許那樣比較好，是不是？」菲比輕輕說，終於簌簌地流下眼淚。

春天說來就來，一星期後丹尼下葬的那天，是個風和日麗的艷陽天。墓園很大，雖然同一天裡有不止一樁喪禮，還是顯得非常幽靜。這裡的墳地都是平的，墓碑也都平嵌在地上，所以一眼望去，只見一大片一大片碧綠的草坪，上面點綴著許多鮮艷的花束，像個公園。大概由於去冬的雨下得多了些，今春的草色格外鮮碧。

陸喬和菲比找到那裡時，丹尼的家人親友還在禮拜堂裡。他倆知道自己最好是不要進去，便先走到墓地，站在稍遠的地方等候著。過不多久出來了一小群人：丹尼的祖父母、父母親和少數幾位親友，帶頭的是丹尼——在一方木棺裡，由幾名工人抬著。眾人緩緩走到一處新挖的墳穴前，一個洋人喃喃唸了一段話，然後兩個工人便把棺木慢慢移進洞穴裡。

這時丹尼的祖母突然大放悲聲，接著就癱倒在地上；衆人一片慌亂，七手八腳地摻扶勸慰，過了好一會方才平息，祖母也重新站立起來。剛才說話的洋人領頭帶大家離去，才走了幾步，丹尼的母親忽然停住腳步，回轉身往墓穴奔去，一邊大聲哭號，丹尼的父親勸慰了半晌才把她帶走。幾名工人留下來塡土，塡好之後鋪上草皮，再把從禮拜堂帶來的鮮花放上去。

他們倆遠遠地看著這整個過程。陸喬一直有種很奇怪的錯覺，好像丹尼始終站在他倆身後，瀟灑地倚著一棵桃樹，靜靜地看著這一切——他已經太習慣有丹尼在一道了。

菲比竟然說出他正在想的：「要是丹尼看得見，你猜他會怎麼說？」

叫大家酷一點，別大驚小怪了？還是他的口頭語：有那麼嚴重嗎，少煩了！……陸喬抬頭看看碧藍的晴空，答非所問：

「今天天氣很好，丹尼會喜歡的。」

「你想——」菲比也舉首仰望，「他現在會在什麼地方？」

「天堂？樂園？……不管是什麼地方，他一定比以前快樂。」

菲比蹲下身來輕輕撫摩著青草，靜靜淌著眼淚。「天堂住久了他又會煩怎麼辦？」

陸喬也蹲下來，伸出手臂環住她的肩膀。「那就來轉世嘛。」

「可惜不能再做我們的朋友了。」

陸喬摟緊她瘦削的、抽搐著的肩膀，溫柔地說：「他會找到很多新朋友的。」

他是眞心這樣相信的。

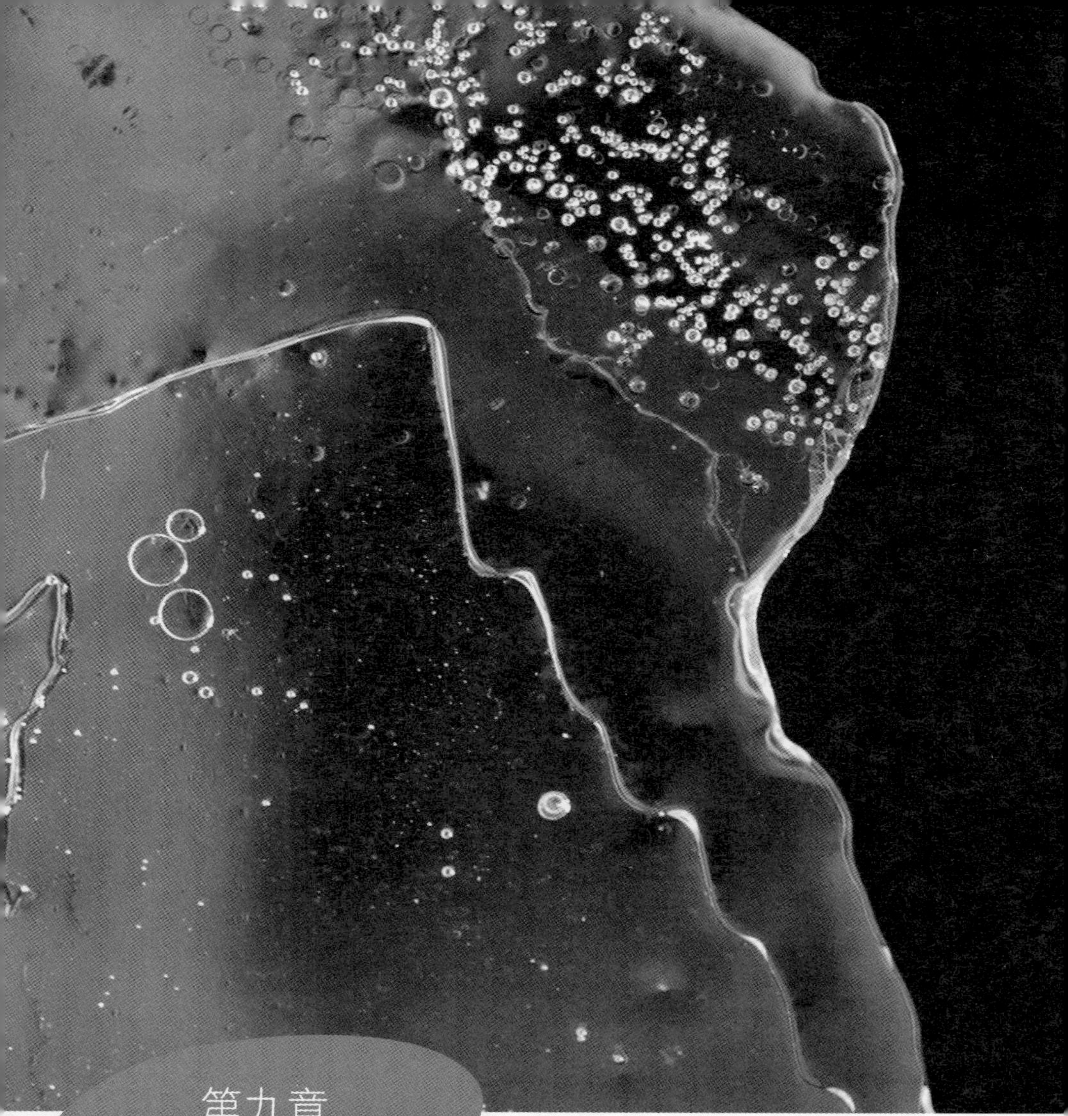

第九章

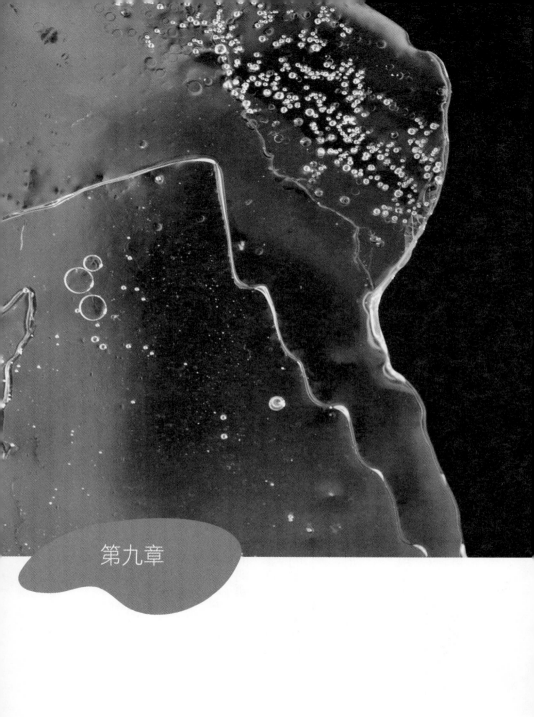

丹尼走後的這段日子對陸喬來說，最困難的事還不是在學校裡時時處處會想起丹尼，而是處心積慮要保護菲比。每個人都來問菲比丹尼是怎麼回事，如果她一一回答，大概要不了多久就會瘋掉。陸喬決定攬過來所有的提問，而且準備好一個簡短的固定答案：「丹尼陳一向有嚴重的抑鬱症。」

這句答話其實來自學校的學生心理輔導師費普太太。她找菲比談過兩次話，問了許多關於丹尼日常言行、以及出事之前種種跡象之類的問題，同時也旁敲側擊菲比目前的心理狀態。費普太太最後表示：丹尼人已不在了，她無從對他本人作診斷，不過從菲比提供的資料顯示，丹尼極可能患的是「臨床性質的抑鬱症」。

對於這個醫學名詞，菲比覺得已經沒有什麼意義了——丹尼死了，死於肺炎還是車禍還是什麼性質的抑鬱症，有太大的差別嗎？

「老實說，我不在乎。I don't care anymore。」菲比雙手環抱著自己的雙肩，好像怕冷的樣子，最近她常是這樣，雖然天氣已經暖起來了。「我已經不在乎他怎麼死的了。我只在乎他死了、再也不會活回來了這個事實。」她說完就把臉埋進交叉的手臂裡。

菲比還從費普太太那兒聽到一個新名詞：Parachute kid，降落傘小孩，指那些被父母親「空降」到美國，然後就扔下不管了的小留學生。這似乎是加州的特產，而且以華人居多。菲比聽了覺得很刺耳。

「在她眼裡，不但是丹尼，連我大概也算是個降落傘小孩吧？」菲比說。陸喬卻想：那我算是什麼呢？他想不出有什麼符合自己的稱號。

費普太太還建議菲比去看一位校外的心理輔導師，菲比拒絕了。「這些人還不是跟費普太太一樣，根本搞不清楚狀況，偏要東問西問，反正認定了我們都是有問題的。」她又抱住自己的肩膀：「我眞的不想再跟什麼人說話了，尤其這些自以爲是的人。」

陸喬無法與她爭辯。他本還抱著希望，說不定心理輔導能幫助菲比好過一點，但在這樣的時候他不想勉強她做任何事。不過他發現費普太太的推論——「臨床性質的抑鬱症」聽起來很有權威性，便決定採用這個說法作爲標準答案。果然，大部分來探問的同學聽到這個名詞，就認爲已經得到了事實眞相的答覆，滿意地不再追問下去了。這些人對任何事的興趣熱度都無法維持太久，陸喬希望他們好奇的干擾很快就會愈來愈少。

然而他還是無可避免地要在走廊上與米謝兒打照面。這天米謝兒直直朝著他走過來，步履有一種下定決心的斷然。

「我——我很難過。」她低聲說。

她站得很近，令陸喬有一剎那間的慌亂，不過已有無數個同學對他說過這句話，所以他的回答幾乎是不假思索的：「我也是。」

「可是我不是有意要傷他心的呀！我發誓！」米謝兒美麗的大眼睛裡閃爍著盈盈的水光。陸喬迷惑地看著她，不懂她在說些什麼。

「我眞恨不得他不是因爲我……我眞希望那不是我的錯……」她竟然一反她一貫自信專斷的口吻，結結巴巴地說：「你知道，我是一直在等他來邀我的……眞的，我等啊、等啊……直到舞會的前一天，我還在給他機會……可是，可是他始終沒來找我……」她哽咽著說不下去了。

陸喬聽清楚了她的話，可是感到莫名其妙，他完全沒想到她會作出這樣的推理。但他從不曾見過米謝兒這副楚楚可憐的模樣，心一軟反而急忙安慰她：「米謝兒，那不是妳的錯，也不是任何人的錯。真的，米謝兒，我不認爲妳跟這件事有任何相干！」。

米謝兒卻固執地說下去：「不，我知道，都是我不好，我不該氣他！可是我不是有意的呀！你是他的好朋友，所以我決定一定要跟你講，心裡才會好過一點。」她難得專注地看著他：「我絕對沒有故意刺激他的意思，我發誓！」

陸喬實在不知道該怎樣說才能委婉地使她明白：她把根本不相干的事扯在一起，她的驕傲自信讓她完全錯估了自己在丹尼心目中的地位。然而他怎能啓口，何況看她傷心嗚咽，他腦中更是一片混亂，又不敢摟摟她甚至拍拍她肩膀表示勸慰。已經有來往的同學注意到他倆了，陸喬更是手足無措。

幸而米謝兒再開口說的話爲他解了圍：「你能帶我去看他嗎？」

陸喬一時以爲自己聽錯了：「什麼？」

「帶我去他的——他的墓園。」

「什，什麼時候？」陸喬差點舌頭打結。

「今天下課以後。我開車。」

她用的不是問句，陸喬不能說不——當然，他知道自己也不會說不的。陸喬都不知道米謝兒什麼時候開始開車了。坐上她的車，他緊張到連車子是什麼顏色都沒注意，更別說他平時決不會放過的製造廠家、車型、年份等等細節。

到了墓園，陸喬憑著記憶找到安葬丹尼的那塊地。墓碑還沒修好，只有一個標誌號碼牌。卻有一束美麗的鮮花，好像才放上來不久的。

如果丹尼此時看得見他帶著米謝兒來，會眨眨眼調皮地朝他笑笑嗎？陸喬想到丹尼是他所遇見過最善解人意的男孩，可是爲什麼偏偏解不了自己？站在草地上，他仍然無法接受丹尼就埋在地底下這個事實。菲比也說過：沒有親眼看見，就很難接受一個人死亡的事實，所以總覺得這一切不是眞的，總像是丹尼有一天還會回來……

「這就是？」米謝兒的聲音打斷了他的胡思亂想。她盯著草地，口吻像是難以置信；愣愣地看了一會，忽然抽抽咽咽哭起來。陸喬見她哭得站不穩了似的，便攬她靠上自己的胸膛。也不知是她的呼吸還是眼淚，他感到胸上一股熱，忽然覺得自己是個男子漢，而懷中的女孩是如此嬌弱無助……那一刻，他早已忘記她對他做的那些傷害了。他雖然心疼米謝兒的傷心，此刻卻是多麼希望她能在他懷中一直哭下去。

可惜沒多久她就止住哭抬起頭，他只得不捨地放開她。米謝兒掠掠頭髮，說：「我們走吧！」就朝她的車走去。

上了車不久，他發現米謝兒並沒有往學校的方向，而是朝著她的家開去了。她什麼也沒說，他什麼也不敢說，好像面前是一張很脆薄的紙，呼出一口氣、發出一點聲音都會讓它消融，而紙的背後是原先的世界——在那裡，一如既往，米謝兒視他如無物。一路上，他連呼吸都不敢用力，只要那張紙還完整……

米謝兒的家白天看起來雖然還是氣派，但已沒有那晚燈火輝煌中顯現的華貴懾人；空蕩蕩的門廳，比起聖誕夜火樹銀花的裝飾和氣氛，簡直像是個完全不同的地方。陸喬幾乎有份錯覺：這是他第一次來到她的家，只有他一個人。米謝兒只邀請了他一個人。

她還是什麼也不說，徑自上樓，他感到詫異而且不安，但也只好尾隨著她。顯然整棟房子是空的，寂靜得聽得見自己的心跳。上了樓梯，他隨她進了右手邊一間房——當然是她的臥室了。即使此刻在對周遭一無所感的昏沉狀態中，他還是無法不注意到，這間佈置精緻的房間裡衣物凌亂的程度。他停住腳步，一路過來膀胱的壓迫感已讓他忍無可忍，只好鼓起勇氣問洗手間在哪裡。米謝兒不耐煩似地指指房門外朝右的方向。

解手之後，渾身的緊張稍微放鬆了一些，回到她的房間，陸喬發現窗帘已被拉上，房裡變得幽暗了，但還是能看得清楚。米謝兒已經脫掉了她的短外套，坐在床沿喝水，見他進來便伸出手掌問：「要來一粒嗎？」

他看不清她掌中是一顆什麼東西。「什麼？」

「讓你放鬆啊。要嗎？」

他直覺反應地搖搖頭，她聳聳肩，把掌中的東西放進嘴裡，喝口水，頭一揚，上半身就順勢躺到床上。陸喬恍惚地看著她，直到看出她臉上的不耐煩，看見她對他伸出手，才呆呆地走過去，幾步路走得跌跌撞撞，腳下被她扔在地上的外套絆到了，正好跌到床上——跌到米謝兒身旁，還是不知該怎麼辦。

米謝兒不再理會他，自行撩起套頭恤衫，從頭上脫掉扔到一旁，然後解開牛仔褲的扣鍊，蛻皮般褪下緊繃的牛仔褲，踢開；再伸手到背後，變魔術似的，肉色胸罩解開來褪下手臂抖開去，然後是肉色的極小的內褲，探手下去難以覺察般就褪下、扔開了……半明半暗的光線裡，她的肌膚兀自發著淺粉的光澤。

陸喬看著她這一連串動作，整個人像被定住，連思考都不會了，她赤裸的身體毫不羞怯地袒裎在他面前，近得幾乎可以感到那肌膚的溫度，她一無遮掩的乳房圓潤完美，朝向他挺立的姿態像是一種邀約。他感到喉嚨發緊覺得需要吞嚥一下，嘴卻乾得一絲唾液都沒有。她靠過來拉起他的恤衫，他只能順從地抬起手臂，像一個小孩。他已不記得讓別人替他穿脫衣服的情景了。

然後她躺下，雙臂繞過他赤裸的頸背，把他朝下、朝自己拉。他俯視她，陰暗的房間，卻還是看得清她的臉，美麗，迷亂，充滿情慾卻又帶著悲傷。他本能地知道要做什麼，雖然模糊地感到有什麼不對，非常不對，但米謝兒的體香和噴在他臉上的鼻息比纏繞的手臂是更強烈的命令，他的全身全部的意識都聽命於被喚起的感官，不需要思想，好像他從來都知道該怎麼做，只是還不熟練。他緊閉上眼，笨拙地動作著，半是本能半是她的引導，耳畔彷彿聽見她低呼了一聲，又一聲，他無從分辨，一種從未體會過的無可形容的快感，即將把他帶到一個爆發的頂點，但他拚命忍住想要延遲那場爆發……

卻是毫無預警的，另外一個奇異的意象忽然浮現在他緊閉的眼前：鮮紅的血色，在滿池水中雲霧般緩緩擴散，頃刻之間池水已成血水，從淺紅轉爲深紅，暗紅……

像水與血的傾瀉，他爆發了，同時發出似痛苦又似解脫的叫聲——也許他並沒有出聲，是他狂烈的心跳，是身體裡奔騰的血的轟鳴。

一切都發生得太快、太短促了。他的心依然在狂跳，但已恢復了些許神志，意識到自己剛纔的笨拙，羞愧不安地從她身上挪開。米謝兒卻緊閉著眼睛，呼吸仍然有些急促，額上滿佈汗珠；過了片刻才慢慢睜開眼睛，看到俯視著她的陸喬彷彿不認識似的，眼神顯得遙遠而迷惑。這樣的表情讓他昏熱的頭腦開始降溫，而且感到惶惑不解；但她豐腴美麗的胴體夢般地橫陳在他身邊，令他還是忍不住依戀地伸出手想觸撫她，她卻坐起身來了。

他覺得應該表示點什麼，囁嚅道：「米謝兒……」

米謝兒沒有理會，徑自開始穿衣服，有條不紊地順著脫的次序一件件地穿回去，臉上卻帶著心不在焉的恍惚神情。陸喬完全看不出她的情緒，但她的陰沉令他不安，只好也跟著穿衣服，一件件地揀起來，還得把脫反的先翻到正面才能穿上，很是費事。

兩人都穿好衣服了，米謝兒又躺回去，睜大眼睛盯著天花板。陸喬實在受不了這種沉默，鼓起勇氣問她：「米謝兒，妳沒事吧？」她搖搖頭。他覺得似乎不認得眼前這個人了：上一刻她還用那樣溫柔又狂烈的擁抱把他的身體拉向她，拉進她的身體裡，好像一刻也不能等待地要跟他合爲一體；而這一刻，她變成像是個完全不相干的人。他究竟做錯了什麼？

他忍不住激她：「妳要我離開嗎？」才說出口就後悔，可是太遲了。她竟然點點頭。

陸喬憤然起身走向房門口，才想起自己根本無法走——他必須開口請她開車送他回學校。這份羞辱幾乎更甚於她在事後對待他的態度。

米謝兒什麼也沒說，起身下床掠掠頭髮就朝外走，陸喬想這就表示答應送他了吧。她似乎若有所思，或者沉浸在自己的另一個世界裡，總之自始至終沒有正眼看他一下。好似這還不夠，她一路上鐵打似的沉默，一釘一釘地把全部的羞辱結結實實地敲進他心裡。多少次他曾幻想過有一天他和米謝兒坐在一輛車裡，就他們兩個人，那種情景大概會像是在天堂裡……而此刻他的感覺非但不是在天堂，離地獄大概也不遠了。他眞後悔上了她的車。早知如此他寧可走回去，走上三天三夜也可以。

終於到了學校。米謝兒把車停在他上車的地方，眼睛直視前方，用平平的聲調說：「沒有任何事，發生在，我們之間。」

看著飛馳絕塵而去的車，陸喬才像從蒙昧的狀態中稍微清醒過來，知道自己回到了空無一人的校園。天色已開始暗下來了。

以後的幾天，陸喬在學校裡從早到晚揹著自己的東西，儘量不用儲物櫃，不去那處最容易跟米謝兒打照面的地方。他不能想像怎樣面對她那張沒有表情的冷漠陌生的臉。可是他也知道，自己總在找尋那個身影——在那個下午幽暗的房間裡，發著柔光和芳香的夢也似的身體……遠遠看見相似的身形，心就先狂跳起來，然後那些羞辱的記憶昇起，折磨著他。他承受著，期待這份折磨的痛楚能將他拉出這一片絕望的泥沼。

第十章

菲比當然無從知道陸喬和米謝兒之間發生了什麼事。從表面上看，她幾乎已經恢復正常了。每天在學校碰面，如果菲比不來叫他一起做什麼，或者她跟別的女同學一道，他也就不主動找她。不過他總不會走遠，只要她有需要，他就會出現——這是他給自己定下的原則。米謝兒的事情之後，他想遠離世間每一個人，包括菲比，卻同時對菲比懷著一份難言的歉意——倒不全是爲著那件事本身，而是對菲比隱瞞他此時的心情，很像是一種友情的背叛。因而當菲比約他星期五放學後去她的公寓游泳，他忙不迭答應了。

天氣還沒有熱起來，他們兩個大概是今年最早穿上泳裝出現在池畔的。陸喬看著一張張空曠的涼椅，很不習慣這種處處少了些什麼的感覺。菲比圈著手臂縮起雙腿，坐在池邊發楞。他伸手探測池水溫度，雖然不是冰冷，正常體溫下去也會夠受的。他決定給自己的身體一個刺激。這些日子他像活在一個封閉的殼子裡，需要被一個更蠻橫的力量打破。

或許他自己並沒有意識到，他其實是想借此給自己的肉體一個懲罰。

「今年第一次下水！」他大叫一聲就跳進水裡，強忍著冷水對全身刺戳般的侵襲，奮力潛入水中。世界在一剎那間忽然變得寂靜了，他閉住氣，凝視著眼前似眞似幻的流動光影，忽然一陣莫名的恐懼包圍而來：如果這澄藍的水中滲進一絲紅色的液體，不一會就像煙霧般流動擴散，越來越濃稠、越來越紅艷……他忽然打了個寒顫，奮力浮上水面。甩甩頭臉上的水，他看見池邊一排涼椅上只有菲比獨自坐著，胸口竟覺一緊，急忙朝菲比叫道：

「下來游嘛！忍過前五秒鐘就好了。」不知是冷得厲害還是什麼，牙齒格格打戰，居然口齒都不清了。

菲比含糊地說：「我怕水冷。」

陸喬向她游近，「妳不是一向最不怕冷的……」這才發現她在靜靜地流眼淚。他一驚，急忙跳上岸，披上毛巾坐到菲比身邊。

菲比啜泣道：「他走了，什麼都不一樣了……我最喜歡的東西，我的車，我的廚房，游泳池……都變成讓我好難過……」

陸喬一陣心酸，只能笨拙地拍拍她的肩背，任憑她繼續傾洩她的情緒。觸著她的身體時，他感到她好像更瘦了，連肩背也只剩了骨頭似的。他覺得心被什麼東西一牽一扯的，是一種從未曾有過的憐惜，忍不住伸出雙臂把她摟著，卻又不敢摟得太用力，怕會弄痛她。

菲比像個孩子般嗚咽著，「他怎麼可以這樣！他怎麼可以對我做這樣的事！……」她的聲音漸漸提高，帶著怨憤。「他們全都是一樣的！一個接一個，什麼都不說，就離開我再也不回來——我爸，通心粉，丹尼……他們全都一樣！」

這是陸喬第一次聽到她自動提起她父親。記得頭一次去她家時問起，她不加思索地回答「我沒有爸爸」，一直讓他暗暗納悶。現在他更好奇了，菲比沒有說清楚最重要的那一點：她父親離開的方式，是像通心粉還是像丹尼的一樣呢？

像是聽見了他心裡的疑問似的，菲比沒待陸喬開口就說了出來：「我爸把我們母女三個丟掉不管，跟一個女人跑到日本去，從此就沒有見過面。那年我才八歲。」接著她敘述小時候好幾次半夜醒來，看見爸爸扯著媽媽的頭髮打，那情景太恐怖了，以致她願意相信那是自己在做惡夢，只要閉上眼睛再睡回去就好了。

「我爸是手上有點錢就拿去賭。記得有一次，快開學了，我媽叫他帶我和姊姊去買上學要穿的鞋，他問我媽要了錢，把我和姊姊放在鞋店，說去買包菸就回來，結果我們倆在鞋店等到天黑也不見爸的蹤影，嚇得拚命哭。我那時還很小，可是永遠不會忘記……」

講到後來，菲比的口吻已經很平靜，陸喬卻是難以置信地聽著，像聽她在講旁人的故事；他很難把眼前的女孩跟那樣的故事連起來，雖然他心裡早也有數，菲比的家庭不會是美滿的。待她沉默下來，陸喬才發覺自己還摟著她的肩膀，不知怎的感到有點尷尬，又不想突然鬆手，而且剛纔從池裡上來，濕淋淋披著條毛巾，摟著她溫熱的身體才不至於太冷。還好菲比發現陸喬在發抖，趕忙催他回屋裡換上衣服，不然會受涼的。

從浴室換好衣服出來，陸喬看見菲比毫無動靜地坐在廚房的餐桌邊。通常在這時候她會弄些吃的，但最近很少了做了。陸喬原先以爲她的心情已經差不多復原了，現在才知道並沒有；而他自己也在掙扎著從米謝兒的夢魘中解脫出來，這一陣對菲比幾乎是敷衍甚至漠視的，這麼想著才覺得很愧疚。他走過去蹲在她面前，努力作出微笑說：「還在難過嗎？」

菲比搖搖頭又點點頭，伸手抱住他。他們不是沒有摟抱過，但他覺察到此刻菲比非常需要一個好好的摟抱。他把她抱緊了些。但他無法不想到與米謝兒的擁抱：米謝兒的氣息、體香，她纏繞的手臂，豐腴的胸脯，甚至她模糊的低呼……而這一切是他用每一個感官去吸取去探觸去感知的，已經牢牢成了他的一部分了。

菲比的頭髮是清爽的洗潔精的味道，身體是香皀的氣味，聞起來很家常，讓他有一份安心。他靜靜抱著她，儘量不去想另外一個身體，直到菲比輕輕鬆開，有些不很自然地說：「冰箱空空的，今天沒什麼吃的。」

「好像我來就是爲了吃？」陸喬故作輕鬆地說，因爲他感覺到氣氛有點微妙——菲比在他面前從來不會表現得像這樣靦腆不安，雖然一閃即逝並不明顯，但陸喬已經覺得了。他希望菲比沒有看出他覺察後的試圖掩飾；因此當他問她需不需要再陪她一會，菲比說不用了，他竟有一種難以言說的、既微微失望又鬆了一口氣的奇怪的反應。

走出菲比家門時，陸喬忽然發現一隻貓，朝著他喵喵的叫。看見那黃色皮毛，雖然髒兮兮而且骨瘦如柴，陸喬還是認出來了，驚喜地低聲輕喚，深怕嚇跑了牠：「通心粉？」

瘦貓靠過來，貼著陸喬的褲管磨蹭，喉嚨裡發出咕嚕咕嚕的聲音。陸喬一把抱起通心粉，朝著菲比的窗戶大叫：「菲比！菲比！快來，快出來！通心粉回來了！」由衷的驚喜，把剛纔出門時悵然若失的情緒一掃而去了。

菲比的臉在窗口閃現了一秒鐘，臉上的表情讓陸喬擔心她會直接從窗戶跳出來。還好她幾乎立刻就出現在門口，又是哭又是笑的，一把抱過通心粉貼上自己的臉。陸喬這才注意到自己的卡其褲上沾了許多毛。

陸喬興奮地跟著回到菲比家。小廚房裡，通心粉緊張地守著牠的飯碗，很沒有安全感的樣子，完全失去了以往的悠閒適意。牠瘦得厲害而且嚴重地掉毛，眼睛裡充滿戒備的神色，眞不知牠這兩個月裡經歷了什麼事——當然，通心粉更是無從知道，牠的主人這些日子經歷了什麼。

「如果通心粉會講話多好，」陸喬觀察著通心粉的神態動作：「牠的流浪歷險記一定很精彩。」

菲比想了想，遲疑地說：「不知道耶——我想我會不忍心聽。」

陸喬有一剎那的錯覺：或許丹尼有一天也會忽然出現在他們面前，瘦削疲倦，告訴他們，他去了一處更不好玩的地方，決定還是回來了。

這年的春天似乎特別短。大考的日子雖然還沒有逼近眼前，天氣也還算溫和，學校的氣氛卻早一步熱起來，學生們已經在作暑假計畫了。陸喬跟媽媽講好了：一考完試就回台灣。他眞恨不得立刻就能離開這個地方——要不是有菲比，每天去學校對他實在是無法忍受的折磨。好幾回在校園裡看見酷似丹尼的身影，會讓他心神恍惚半天；而時時刻刻躲避米謝兒更是令他心力交瘁。

菲比則是想趁暑假到紐約找姊姊，在那裡打個暑期工賺些錢，順便看看那裡的學校。再過一年她就要畢業了，已確定了唸烹飪學校的志願，需要先說服姊姊，再讓姊姊幫她說服媽媽。近來菲比恢復了一些她昔日的活潑，有一天竟然對陸喬說：「如果將來我去紐約上學，就把車留給你用。」

陸喬不能相信自己的耳朵：「什麼?!」

「反正我開不走，我媽不要，又賣不掉。你替我保管，以後我回加州還有車用啊。」她說得理所當然似的，陸喬卻不敢接腔，因為這樣好的事他實在不敢當眞。他已嚐到期望落空之後的苦頭，學到了期待越高失望越難承受的教訓。何況他這年紀要拿駕照一定需要家長的背書，爸爸根本不可能出錢送他上駕駛學校，或者親自指導他學開車。

菲比興致好的時候提議偷偷教陸喬開車，他當然無法抗拒這份誘惑。他們找到附近一家大公司的停車場，週末空曠無人，是生手學車的理想場地。第一次因為學生和老師都沒有經驗，加上緊張，場面便有些火爆。陸喬平時看別人開車似乎很簡單，自己上手才發現車子比人還難搞；他像穿越地雷陣般操縱著不肯合作的駕駛盤，車子歪歪扭扭前行，屢出險狀；菲比從沒教過人開車，緊張之下的耐性已經磨得比紙還薄了。在一次緊急剎車以致把頭撞上儀俵板之後，她終於爆發了：

「天哪，你眞是笨豬耶！」

陸喬已經夠氣餒了，這時也不免火大：「嫌我笨就不要教嘛！」

菲比更是火氣不打一處來：「別忘了，是你要學開車的！」

「那我不學可以吧？」陸喬的牛脾氣上來了，熄了引擎打開車門下車步行。

菲比又好氣又好笑，挪到駕駛座把車開走。開了一小段路氣平了，又折回來，看見陸喬站在路邊朝她豎起大拇指，作出要求搭順風車的手勢。

菲比停下車，故意板著臉：「我不隨便載陌生人。」

「我不是陌生人，是陌生的笨豬。」陸喬一臉正經地說。菲比忍不住噗哧一聲笑出來，兩人都有著回到從前吵吵鬧鬧的時光的錯覺。

學校附近新開了一家佈置成五〇年代懷舊氣氛的餐室，陸喬提議去吃午餐，他請客，算是「謝師宴」。這裡的食物跟一般快餐店沒有兩樣，倒是每張桌上都有個小小的舊式投幣音樂箱jukebox，陸喬隨意翻看箱前列出的歌名，竟然有那首丹尼提到過的讓他「上當」的歌，忙指給菲比：

「看，這首，It Never Rains ……」再讀下去才發現，「啊，不對！不是 It never Rains in California，其實是 It Never Rains in Southern California。是『南』加州從來不下雨——丹尼聽漏了一個字！」

菲比湊過來看，隨即把臉轉開。「那又怎樣？會有什麼分別嗎？難道他就會去南加州，那裡不下雨，他就不會……死，是不是？會有差別嗎？」她的口氣到後來幾乎帶著激憤了。

陸喬已經投下錢幣、按了那首歌的號碼鍵，用心聽起來。唱的是一個滿懷夢想的人，離開家鄉到南加州去——洛杉磯好萊塢吧，因爲提到拍電影電視的機會什麼的；結果失敗得很慘。他很想回家，可是遇見家鄉來的人，還是要人家回去別說出眞相，要告訴他的家人他在這裡好得很。然後就唱道：這裡雖然號稱從不下雨，要眞下起來可是傾盆大雨……It never rains in California/But girl, don't they warn ya?/It pours. Man, it pours!

聽完後沉默半晌，菲比才點點頭嘆口氣，「這個人，不知道後來回家了沒有。」

「還要再聽一次嗎？」陸喬又掏出一枚零錢。
菲比搖頭：「我永遠不要再聽這首歌了。」

第十一章

菲比對於擔任駕駛教練似乎產生了興趣，陸喬更是求之不得；停車場上練習了幾次之後，不多久就能控制自如，他們甚至大膽上了一回路——當然是附近的熟路。陸喬慢慢把車開到丹尼的家，停在路邊。一切如同從前，只是房子前面的草坪上豎著For Sale的出售牌子。面對著那棟房子，想到每次跟著菲比一起接送丹尼的情景，陸喬幾乎升起一份錯覺，好像丹尼隨時就會從那扇緊閉的大門出來，或者捨不得分手似的小步朝後退回去……

「不知道丹尼的爸媽現在會在做什麼？」菲比像是自言自語。

陸喬忽然一陣氣血上衝：「妳為什麼不問他們從前在幹什麼？」看著售屋木牌，他沒好氣地說，「他們早該搬走的，要我就受不了再住在同一棟房子裡。」

菲比搖搖頭：「可是我擔心：萬一丹尼回來，他就沒有地方可去了。……不要笑我噢。」

陸喬心想：丹尼又不是通心粉，走了還會再回來。但他能理解菲比的這種傻念頭。他也常想丹尼去了哪裡——人死了以後去哪裡？總得有個去處吧，不然好好一個人，會說會想會讓你這麼思念的，然後說沒有就沒有了，怎麼可能？

他們也去了丹尼的墓園。墓碑裝好了，鐵灰色的花崗石，上面用英文刻了「愛兒丹尼．陳」、他的生卒年月日，還有丹尼的中文名字。他們一直不知道丹尼的中文名字，看著那三個字都感覺很陌生，很奇怪，好像那三個中文字跟丹尼一點關係也沒有——丹尼就是丹尼，任何別的標誌都無法代表那個男孩。

菲比在碑旁的草地坐下，抱著屈起的膝蓋，把尖尖的下巴擱在上面。陸喬發現她已有好些時不再像是怕冷的樣子抱著自己的肩膀，感到安心了些。

菲比喃喃地說：「有時候我心裡難過，就一個人來這裡坐一會。你知道嗎，我常常會在心裡罵他，罵得很厲害哪：我罵他自私、不負責任，自己不想玩了就一走了之，不管別人會難過……」

我有時甚至想好好揍他一頓呢，陸喬想。但是立刻眼前浮現米謝兒在這片草地上飲泣的情景，那一刻他是多麼全心全意地希望能夠安慰米謝兒，幫助她看清丹尼的死完全跟她無關，甚至試著告訴她：自己也在做這種努力，希望她能跟自己一樣，學會不再難過不再自責……。但是其後的事他眞不願再回想了，最好那段記憶越來越恍惚而混亂，到最後已經分不清什麼是眞的、什麼是他的想像與幻覺；他甚至對草地上的一幕也恍惚起來：那些事眞的發生過嗎？

大考期間，陸喬已經心神不定，想到很快就要回台灣就興奮不已，很難集中精神唸書了。可是這天回到家就接到媽媽的電話，說她正好有事要來舊金山，不久就會見到面，所以陸喬不必回台灣了；然後就叫他去好好準備考試，別的話見面再說。

掛上電話，陸喬一時說不上來心情是不是失望。當然，能回到家跟媽媽相聚是最好，但是既然她要來，不回去也沒太大關係。反正放假了，媽媽要去哪裡跟著她就是。最近這段時間，他和在台灣的幾個老同學已經沒有聯絡了，也不再像剛來時還會想念；偶然想到他們感覺已很遙遠，像活在兩個世界裡，再見到面還能不能回到從前那樣都很難說了。

可是他隱隱覺得媽媽說話帶著些哄他的口氣，像是對他隱瞞著什麼；就像上次來看他，最後一天堅決不讓他跟她一起，又不肯告訴他眞正的理由。直覺告訴他：還是有些事是他不知道的。爸爸未必知道什麼，但至少應該對爸爸提起他回台灣計畫改變的事吧。

偏偏不知爲什麼，平時準時回家的爸爸今天竟晚了。虹英也躲在房間不出現，快到晚飯時間了，廚房還冷鍋冷灶的毫無動靜。終於爸爸手中提著兩袋熟食進門來了，叫陸喬到廚房幫忙。父子倆手忙腳亂地用微波爐熱了菜，卻發現沒有飯，現煮是來不及了，還好有些乾麵條，於是將就著燒水下麵。一切張羅好了，爸爸才去臥房把虹英請出來開動晚餐。

陸喬見虹英臉色不好，敷衍地問了聲：「阿姨不舒服？」虹英微微點頭，「嗳。」再沒說什麼，倒是跟爸爸很快地交換了一個眼色。陸喬最反感他們兩個這種在他面前不說話、卻眉來眼去地故作神祕狀，便不再出聲，原先想提的事也懶得說了，逕自埋頭用餐。

飯後他在房間裡看書，一抬頭卻見爸爸就站在面前，嚇了一大跳。爸爸很少來他的房間，這樣悄無聲息地忽然進來，讓他覺得怪怪的。爸爸似乎有點不自在，在書桌旁坐下四處看看，才輕咳一聲開口說：「要大考了？」陸喬點點頭。「準備得怎麼樣？」陸喬聳聳肩。「沒問題吧？」陸喬乾脆不動聲色，等待正題出現。

「唔。阿姨最近……」爸爸頓了頓：「呃，有時不太舒服……」

陸喬沒有料到爸爸進來談的不是媽媽要來的事，便不經意地隨口問：「她怎麼了？」

爸爸吞吞吐吐：「她……唉，她還年輕，雖說我已經有了你，可是她總是……」清了清喉嚨，「所以……」最後決定還是用英文比較容易出口：「she's pregnant。」她懷孕了。

兒子目瞪口呆，做父親的更窘，只得轉開頭去，看見書桌上的一疊教科書便把它們疊平擺正，最後總算對著桌面冒出一句話：「以後，家裡會比較熱鬧。」

陸喬也回過神來：「那個，呃，什麼時候來？——我是說……baby。」他想，此刻就算打死我也說不出「弟弟」或者「妹妹」這個詞來。

「預產期是十二月中旬。」說完好似鬆了一口大氣。

陸喬再也想不出什麼話來說了。要是在電影裡，兩個男人這樣對話，通常一個就要對另一個說「恭喜」。可是對自己老爸道喜？他覺得荒謬極了，比電影還不眞實。這個世界一定有什麼搞錯了，沒有一件事是對的。每個人都搞錯了。他低下頭繼續看書——書上那些字和符號此刻對他根本沒有意義。

爸爸碰碰已被他擺成方方正正一疊的書，知道陸喬再沒有抬起頭說話的意圖了，便訕訕地離開了房間。

學年的最後一天，校園的空氣裡有一種幾近神經質的、狂歡的騷動氣息。每年這時校方都很緊張，因爲完全無法預料這些體力過人精力過剩的青少年，尤其是畢業班的學生，在大考的壓力解除之後、暑假的興奮即將開始之際，會做出什麼出人意料的惡作劇。

校方規定學生在這一天必須清空儲物櫃，然後交回對號鎖。陸喬考完最後一堂大考之後，知道大勢已去，無精打采地把儲物櫃清理一空。關上櫃門時，才看到米謝兒也在她的櫃子前，卻是面朝著他，不禁一震，定了定神便想掉頭就走。出乎他意料之外的，她款款地走到他面前，靠他很近的站住。他幾乎又可以聞見她的氣息了。兩人面對面站著，卻很有默契似地躲避著彼此的目光。

忽然不遠處一陣呼嘯，幾個大個頭的男孩大笑大嚷地跑過長廊，一路把兜在懷裡的球樣的東西往地上使勁砸，在地上破開四散了才看出原來是一個個紅瓤西瓜。頃刻間，半壁長廊的水泥地上已是鮮紅的汁液淋灕，混著瓜皮爛肉，看得人怵目驚心。兩人一時都被這場插曲分了心。

過了一會，米謝兒才收攏了心神似的，半低著頭，用平平的聲調說：「我只是要跟你說聲再見。下學年我要去英國唸書了。」

陸喬一時又像是沒有聽清。奇怪，米謝兒對他說的話總是他沒有預料到的，以致每回她一開口就令自己錯愕。可是不知爲什麼，待他弄清楚之後卻並不感到意外——也許他一直在暗暗期待一個終結？

「那麼……」他遲疑了一下，「以後我們還會再見到嗎？」

「我不知道。」難爲她把一個「不」的答案說得如此婉轉。

陸喬很驚訝自己竟然沒有任何激動的情緒反應了，那些他熟悉的渴望、緊張、迷亂、羞辱、感傷，甚至失落，此刻竟然都不再浮現，反而隱隱覺得鬆了一口氣。他想不出該再說什麼，倒是米謝兒露出難得的柔和神情說：

「那麼，再見了，Joe。」

長久以來習慣了她臉上的冷漠、倨傲、甚至厭煩，即使春花般的笑顏也掩不住的嘲諷和輕蔑，曾經把他的心和自尊踐踏得粉碎；然而此刻陸喬在她臉上完全看不到那些神情了，就算她如此難得的柔和只是剎那的閃現，也足夠他剛硬起來的心軟化下去——

「妳保重，米謝兒。」他柔聲說。

米謝兒點點頭，略停了幾秒鐘，就轉過身走了。

就在這裡，長廊上、鐵櫃前，陸喬第一次見到米謝兒的地方，他目送她離去。她走在一片猩紅狼籍的地上，好似行過傷亡慘重的戰場。

陸喬未曾料到自己竟然可以如此平靜。但他知道，有一部分的自己也離去了——並不是跟著米謝兒，他從未能跟她一起；也不是跟了丹尼，他不知道丹尼去了哪裡。可是在他的身體裡面，他的心靈深處，有些什麼給拿了出來，被一隻無形的手拿走，就這樣失去了，永遠追不回來了。

第十二章

陸喬的父親回到家檢視郵件，一堆廣告垃圾裡夾著一封陸喬的學校寄來的信：「喬・陸的家長收」。拆開一看，臉色頓時變了，立刻對正在餐桌前擺碗筷的陸喬說：「到我書房來。」

「你自己看！」爸爸把一張紙擲到陸喬面前。陸喬知道該來的總會來，只是沒料到這麼快。成績單上，除了數學，門門是C，還有一個D。

「這究竟是怎麼回事？」爸爸沉聲問。陸喬低垂著眼不發一言。「上學期都還比這學期好。照理說，上學期剛來，趕不上，怎麼反而是第二個學期變得一塌糊塗？」

陸喬還是不說話，一堵牆似的沉默，讓做父親的感覺到的不僅是敵意，似乎還帶著輕蔑，這使得他真動怒了。最近這段日子，陸喬更甚於往日的疏遠隔絕益形明顯，父親先還打算視而不見，希望不論是什麼原因，過一陣子事情會自動過去；只要不逼到眼前，就沒有必要去主動面對——實在也是因爲他完全不知如何打開任何一種僵持的局面。現在兒子的成績單逼得他非面對問題不可，然而一上來陸喬的態度就使得他鬱積已久的挫折爆發了。他大聲怒喝：

「我在問你話，你這什麼態度！你眼睛裡沒有我這個父親了嗎？」

陸喬抬頭看了爸爸一眼。他本來是想回答先前一上來的問話的，但是這個學期發生的這些事要從何說起？籠統含糊地說個大概，還是一件件細說？就算自己說得出口，爸爸怎麼能夠懂？他們根本是活在兩個世界裡，想到這點就使他感到灰心。陸喬的掙扎與灰心只是更加深了他開口說話的困難；沉默的牆頃刻間砌得更高，用不了多少時間，父與子已經跨不過那堵高牆了。然後就接著來了這樣情緒性的問話，他實在是搞不懂：爲什麼在面對一件事的時候，做父親的要糾纏這種無聊的「態度」問題？他也不耐煩了，回嘴倒不是很困難的事：

「難道你的眼睛裡就有我這個兒子？」

「你說什麼?!」

一旦開了口，接下去也容易了：「這一年你有好好看過我嗎？有眞的關心過我嗎？我心裡想什麼你知道嗎？我的生活裡發生了什麼事你有注意到嗎？看到成績單才知道我不對勁了，在這之前你在哪裡？你看見過什麼？」

「你這麼大了，自己都不能管好自己？」父親滿臉通紅：「你什麼都不跟我們講，我們怎麼知道？」

「我們」當然是指他自己和虹英了。陸喬聽了更是氣血上衝：「好，那就讓我自己管自己，不用『你們』管。我成績好不好，根本不干『你們』的鳥事！」

先是聽見「啪」的一聲，就在耳邊所以清晰無比，陸喬才意識到左頰被批了一巴掌。是感到痛，但不是非常痛，可是那打擊在顏面上的力道激起他抗拒攻擊的本能反應——右手握成拳頭揮向攻擊者，幸好就在即將要觸及對方頭臉的那一剎那，神志一閃電光石火間掉轉方向，一拳打到牆上。

這拳下去，牆上竟出現一個拳頭大的洞，粉塊碎屑紛紛掉落。美國房子的粉牆居然如此不經打，父子兩人一時都楞住了。然後陸喬才覺得手痛，看見手背骨關節擦破的皮肉滲出血來。

虹英跑進來，一疊聲朝丈夫問發生了什麼事，做父親的還沒有從驚怒中復原，只是愣在那裡。陸喬轉身衝去浴室把手洗乾淨，雖然擦傷了幾個口子但可以不用包紮。回到自己的房間，還是無法平靜下來——並不只是剛纔這幾分鐘，而是過去這段日子，不，根本是過去這一年，所有的情緒都翻江倒海地掀起來，已經是他無法壓制收拾的了。

從抽屜裡取出皮夾和隨身聽，翻出衣櫃鞋盒裡藏的錢，再胡亂拿了兩件襯衫，一併塞進背包就往外走。沒看見爸爸和虹英，大概在他們的臥房裡。出了大門，牽了車，才想起能騎去什麼地方？最熟悉的路徑就是學校，這個住宅區本來就沒有什麼店家，附近一到晚間還開門的只有那家甜甜圈店、小超市、藥房……，再沒別的了。

當然，還有菲比的家。

敲門，沒有回應。想起來菲比提到過，她媽媽才從紐約姊姊那邊回來，又趕著要回台灣。希望她的媽媽已經走了。可是菲比呢？他跑到她的停車位去看，果然車子不在那兒。他回到大門口，一時之間不知該怎麼辦。雖說夏天日長，到這時天色也很快地暗下去，公寓人家的窗戶都透出了燈光，還有陣陣菜香飄出來。陸喬的胃忽然狠狠抽搐了一下，提醒他到現在還沒吃晚飯。他儘量不去理會，試著把注意力集中在觀察一家家窗戶裡的活動。有些人家雖然垂著窗帘，還是看得出帘後人們的走動、電視機光線的閃爍，甚至聽得見笑語，當然還有那躲不掉的食物的香味……。好像這世界上每個人此刻都在自己家裡，跟家人說著笑著，吃著晚餐，看著電視——每個人，除了他。

忽然想到：丹尼決心離開這個世界的時候，是不是也感到這樣的孤寂？下一刻才發覺這個意念有多恐怖。他被自己嚇到了，急忙甩甩頭，開始想別的。掏出錢夾，他數了數裡面的錢。一直以爲自己積蓄的零用錢還不少，可那是看怎麼花：吃快餐店、看電影、買CD什麼的是一回事，找地方住就完全是另一回事了。他記得上次媽媽來住的旅館是什麼價錢，就算他找個便宜得多的破地方，也維持不了幾天……

一聲刺耳的煞車聲，菲比的車就停在他面前。看來她比陸喬更吃驚，好像不大認得他似地用英語問：「發生什麼事了？」

陸喬一時說不出話只是搖搖頭，菲比看他模樣還正常，略爲放心的說：「等我把車停好。」

一進菲比家門，通心粉就迎上前來。通心粉現在對陸喬很親熱，不像從前愛理不理的，見到他就湊過來貼著他的褲管繞圈子，撒嬌地咪嗚幾聲。陸喬眼眶一緊，蹲下去搔搔牠的脖子，掩飾著情緒用輕鬆的口吻問：「通心粉吃過飯了嗎？我還沒吃呢！」

菲比瞅他一眼，「我就是出去給通心粉買貓食的，你要不要也來一盆？」

「只要通心粉不反對，我現在什麼都吃得下。」

菲比說中午送媽媽上飛機，在機場大吃了一頓，所以到現在也還沒吃晚飯；這兩天跟著媽媽在外面忙，都沒在家弄東西裡吃，冰箱裡沒有剩菜了，下一包冷凍餃子吧！聽著菲比嘰嘰喳喳地說話，陸喬終於放鬆下來。冷凍餃子？現在什麼食物聽起來都美味。

本來是想填飽了肚子再把事情說給菲比聽，但菲比哪裡能等那麼久，餃子還沒煮好，已經一五一十地講完了。菲比抓過他的手來驗傷，確定不須包紮才放開。

「那你現在要怎麼辦？」菲比問。

陸喬呼嚕嚕連吞了四隻餃子，才騰出嘴說話：「我想打工賺錢。我要自立。」

菲比想了想，雙手一拍，「我給通心粉買貓食的那家超市，好像正在找晚班的裝袋小弟——」陸喬眼睛一亮，但菲比接下去說：「可是未成年的人打工，需要家長或監護人簽字同意哦。」

陸喬垂頭喪氣，菲比低下頭看進他眼睛：「難道你就不預備回家了？」

「那裡根本就不是我的家！」

「那你媽媽會怎麼說？」

媽媽！陸喬幾乎從椅子上跳起來。媽媽應該是三天之後到，說好了一到就給他電話。現在怎麼找得到他？「我能用妳家電話打台北嗎？帳單來了告訴我，我還妳錢。」

可是沒人接電話。媽媽去了哪裡？

「明早再試試，到那時是台灣的晚上，她該回家了。」菲比試圖用輕鬆的口吻，可是陸喬已經焦躁起來了。媽媽要是出發前找不到他會多擔心？可是這一切全都是她引起的——是媽媽堅持要他來美國的。陸喬覺得他先是被媽媽、現在是被爸爸，放逐到一個陌生的地方，在那裡他只能遙望別人家窗戶裡的燈光……

「我眞搞不懂這些成年人。天曉得他們心裡在想什麼！」陸喬不知不覺就說出聲了。

菲比提醒他：「喂，我們很快也會變成年人耶！成年人有什麼不對？」

「不對得要命！」菲比這時還要跟他抬槓讓他更火大：「他們成天叫我們做這做那，替我們作各種決定，說都是爲我們好，可是看看他們自己！……像我爸，做父親夠失敗了吧，居然還有勇氣再生小孩，我的天哪！」

「說不定人老了會比較有愛心——」

「或者比較糊塗！對，應該有一種法律，不准不合格的人生小孩。……想想看，我們每個人開車都要拿許可、考執照，爲什麼做父親母親這麼大的事，可以想做就做，竟然不需要上課、練習、考試、拿執照？」

菲比認眞地偏著頭想了想：「如果有這條法律，我就一定不會被生下來了。」

菲比讓陸喬睡她的房間，她睡她媽媽的主臥房。陸喬雖然常來她家，這可是第一次進她的臥室；環顧周遭，漸漸升起一份不安——過去幾個小時的一鼓作氣已經消退了，他想到自己這樣莽撞地跑出來，一個招呼也不打地就住進菲比家裡，而菲比二話不說地收留了他……你怎麼會把自己搞到這樣的地步？他懊惱地自問。

公寓很小，主臥室就隔著走廊，陸喬看見房門半開著，菲比正坐在床邊剪手指甲，他敲敲門框，她頭也不抬地說：「進來嘛。」

她穿著淡色小花的短袖睡衣，剛洗過澡頭髮有點濕，幾綹髮絲垂到頰上；在臥室柔和的燈光下，她的臉頰顯得紅撲撲的，竟有一份平日看不出的嫵媚。陸喬心一動，不禁說：「妳最近胖了一點。」

菲比瞪他一眼：「沒有好話說就不如不說。」

「不是啦，」陸喬急忙分辯：「妳前一陣太瘦了——我的意思是，妳現在很好看，眞的！」

菲比噗嗤一笑，「越描越黑！」顯然她很高興，因爲他從來不讚美她的——除了那一次，聖誕夜他和丹尼打完架之後，她送他回家，臨下車時誇她漂亮，其實是爲自己的魯莽道歉……那好像是很久以前的事了。

一邊銼著指甲，菲比一邊告訴他爲什麼媽媽趕回台灣去：原來是她爸爸從日本回到台灣了。聽說他跟那個女人分手了，身體很不好，很想見她們母女。「眞搞不懂我媽。她好像一點也不恨我爸了，還想說服我和姊姊也回去。姊姊比我大很多，以前許多事她記得很清楚，說死也不想再見他。」

「那妳呢？」

菲比遲疑地搖搖頭。「我不知道。……其實，我對我爸的記憶，並不全都是壞的。只要他不喝醉酒，不逼著我媽要錢去賭，他還是個不錯的父親。……你不要笑噯，我最早的記憶，就是他餵我吃東西。」她先就不好意思地笑起來，「我那時大概只有三歲吧，坐在小凳子上，他蹲在我面前，一手端著碗，一手拿調羹舀起一勺吃的，在嘴巴前面吹啊吹啊，吹到不燙了才餵給我……好奇怪我完全不記得吃的是什麼，但是他那個姿勢、嘴巴撮起來的樣子，我記得很清楚，像放映電影一樣。」

陸喬聽著，眼前幾乎可以浮現那個動人的畫面。菲比還在說，可能因爲是一邊想一邊講，說得很慢：

「你大概不會相信，我爸菜燒得很好——比我媽好多了。我都沒聽說過誰家的爸爸會燒菜，所以覺得他很棒。當然他越到後來越少回家，哪裡還會給我們燒菜，可是我還是記得，很小的時候，他在廚房裡，只穿一件汗衫，嘩啦嘩啦炒菜，然後熱騰騰的端出來……。我想我喜歡廚房，就是從那時候開始的。」

原來是這樣，陸喬心想，原來是因爲這樣久遠而溫馨的印象。然而他無法抹去菲比第一次告訴他的那些殘酷醜惡的畫面。他眞希望菲比能選擇自己的記憶，只保留那些美好的……一個會給妻子女兒燒菜的男人，應該不至於太壞吧，他想。

菲比輕輕的，像在耳語：「有的時候，我想到就會很怕。怎麼都是跟我很親的人，忽然就變了，然後就離開了，不見了……怎麼搞的？爲什麼會這樣？他們走的時候都不會想到別人嗎？還是他們自己也沒有辦法？好可怕……」聲音低到聽不見，眼淚卻慢慢地滾落下來。

陸喬覺得自己的心被這些話揉得疼痛，靠過去把菲比摟在懷裡。「不要怕。我不會走掉的。」

菲比在他懷裡點了點頭，伸手環抱住他。靜靜過了一會，她朝他抬起頭，頰上淚痕已乾。他很自然地吻住她，開始有些笨拙，很快唇舌就配合得很好了。他想到這是第一次吻一個女孩子——他竟不曾吻過米謝兒。

他聽得出菲比的呼吸漸漸急促起來，手臂抱得他更緊了。像是得到了鼓勵，他的一隻手先是怯怯地探索，然後膽大了些，伸進她的睡衣裡——沒有內衣，他觸摸到纖小柔軟的乳房。他像探險一樣，確定每一步都沒有障礙就往下一步走，直到把持不住的臨界點了，他喘息輕聲問：「菲比，可不可以……」

她弓起身來緊貼著他，他開始手忙腳亂地解褲扣……忽然，菲比睜開眼將他推開，然後翻過身去，哭泣起來。陸喬驚惶地問：「菲比！怎麼了？」

菲比哽咽道：「我不能！我閉上眼睛，就會看到丹尼……」

陸喬立即洩了氣，頹然坐起身來。

菲比哭得說話斷斷續續：「我也想……跟你……我很想，可是我不能。跟你這樣，我就會想到他，在腦子裡看見他……」

陸喬把臉埋進手掌裡，讓自己慢慢冷卻下來。過了片刻，他繫好褲子，呼出一口長氣，柔聲安慰還在啜泣的菲比：「不要難過，沒有關係的……我懂的。他也是我的朋友。」

菲比回身抱住他。他們就那樣一動不動地抱了很久。「對不起。」菲比的唇還貼著他的胸，以致口齒模糊不清，像還在牙牙學語，使他感到不忍。他撫著她的頭髮說：

「不，是我該說對不起。對不起讓妳難過。……菲比，我會等著妳。我不會走開的。」

陸喬睡著時已經是午夜過後很久了。他獨自躺在菲比的床上，回想這一天的事，一件接一件。枕套上有菲比的洗髮液的氣息。他嗅著那令他放心的氣味，閉上眼睛。

第二天醒來，一時意識不到自己在哪裡，過了幾秒鐘才想起來。聞到食物的香味，他一躍而起跑進廚房，菲比正在打雞蛋，一疊煎餅已經熱騰騰的堆在盤子裡了。通心粉向他「喵」一聲算是道了早。菲比看起來神清氣爽，見他來只是笑了笑，文氣得似乎帶點嬌羞。陸喬從未見過菲比這樣女孩氣的一面，不禁也有些訕訕的，但還是走過去摟一下她的肩膀，她趁勢把臉頰貼上他的頸脖。鍋裡的熱油飛濺出幾滴油花，兩人同時一驚，笑笑鬆開了。

菲比煎好雞蛋，在他對面坐下，忽然沒頭沒腦地說：「也許我應該回去一趟。」看到陸喬臉上的問號才解釋道：「我是說回去看我爸。……我在想，他到底是我爸，我不必恨他。要不是他離開，我媽就不會帶我們來美國，我也就不會遇到你了。」

陸喬沒有料到她有這樣一番邏輯——菲比常會蹦出很奇特的邏輯，但這次他聽了很感動：菲比等於講明了，遇見他對她有多重要。

才吃了一口，陸喬忽然腦筋清醒起來：「打電話！」現在已經早過了台北的午夜，可是還是沒有人接。媽媽怎麼了？菲比見他心煩氣躁的模樣，勸慰道：「你說她還要過兩天才到，我們就一直打，她總要回家拿行李吧。」陸喬想她說的也是，但還是坐立難安。

菲比需要出門替她媽媽辦幾件事，陸喬當然義不容辭地作助手。忙了半天回到菲比家，繼續給台北打電話，該是第二天凌晨了卻還是沒人接，陸喬氣餒得不知如何是好。菲比提議他們一起來收拾屋子——客廳裡堆了好幾個大紙箱，她母親臨走時來不及處理，陸喬幫她搬到壁櫥裡疊好。這時聽到有人按門鈴，菲比說：「一定是我媽訂的貨送到了，過來幫我一下。」

他倆跑到門前，菲比開了門，一下愣住了。陸喬更是驚詫得無從反應。門外站著陸喬的媽媽，身後站著他爸爸。媽媽朝著菲比說：「對不起，請問……」然後就看見了菲比身後的陸喬。「喬喬！」聲音裡滿是驚喜。

還沒等菲比喃喃道：「請進來坐——」媽媽已經一步就跨進來走近陸喬，好像怕他下一刻會轉身逃走似的。爸爸還在門口猶豫，菲比朝他作了個請進的手勢，大家就都站在門裡擠在一處了。

進門就是客廳，菲比這時已經恢復了常態，禮貌地領頭走到沙發前說「請坐」，還很自然地加一句：「眞不巧，我媽媽出去了。」陸喬佩服地看她一眼，同時暗自慶幸剛纔把那些亂七八糟的紙箱搬走了，客廳看起來清爽得多。但他立刻就感到自己很可笑：他這樣在乎菲比家的外觀整潔幹什麼？

菲比又作了個請坐的手勢，然後說：「我去給大家倒點喝的。」就跑去廚房了，不理會這邊「不用不用」、「不要麻煩」的微弱抗議。

陸喬跟媽媽並肩坐在長沙發上，爸爸獨自坐在靠近媽媽那端的單人沙發裡。陸喬雖然緊張，至少有媽媽隔在他和爸爸之間，讓他稍感安心。這時爸爸清了清喉嚨，媽媽便對陸喬說：「我臨時決定提前兩天來。出門前打電話通知你，你已經──呃，不在家了。」

「你們怎麼找到這裡的？」陸喬雖然心虛卻還是好奇。

媽媽看一眼爸爸，微笑道：「我們想你一定是去朋友家。你爸記得你有兩個最要好的朋友，丹尼陳和菲比林。我們在你房間找到你學校的通訊錄，查到他們的住址……」

聽到這裡，陸喬不禁也瞅了爸爸一眼。他完全沒有料到，爸爸竟然會將他好朋友的名字聽在耳裡，並且記住了。

「我們先到丹尼家，房子是空的——」媽媽停頓一下，才接著說：「隔壁鄰居正好在外面，告訴我們那家搬走了……他們的男孩子不久前自殺了。」

陸喬的心抽動了一下。他想像爸爸媽媽找到丹尼家，焦急地敲門。那扇門，最後一次看見它打開，出現的是丹尼的父親疲倦憂傷的面孔……。他抬眼望向爸爸，爸爸卻避開他的眼光，兩手輕輕互搓著，像是要搓掉掌上的什麼東西。

「我們聽了很難過，而且，很……擔心。」媽媽的聲調不再那麼沉穩了：「喬喬，你這樣跑掉，你爸眞的很擔心。」

爸爸終於開口：「喬喬，我們都不知道，你的好朋友發生這樣的事……」

陸喬不記得爸爸幾曾用過這樣柔和的口氣對他說話。爸爸這回口中的「我們」是指他自己和媽媽，陸喬知道；於是點點頭，表示聽懂了。爸爸又搓搓手。

這時菲比從廚房出來，手裡端著一個托盤。大家沉默下來，菲比把三杯橙汁放在茶几上，媽媽急忙欠身道：「不用客氣，請坐下來一起聊聊！」

先開口的竟然是爸爸。他向菲比微笑道：「謝謝妳常讓陸喬搭便車。」

菲比笑笑說：「哪裡。陸喬數學很棒，常幫我補習。」

陸喬聽著這樣的對話，簡直覺得不可思議；同時又暗暗感到欣慰，一時分不清是因爲爸爸在菲比面前沒有給他丟臉，還是因爲菲比在他父母親面前的表現這樣酷。

媽媽環顧大家，笑道：「我們不要再打擾了吧。」對陸喬：「去收拾一下你的東西，」對菲比：「請跟妳父母親說謝謝，眞是不好意思，這樣打擾你們。」最後對爸爸說：「那就麻煩你送我們去旅館好嗎？」口氣都非常客氣和藹，但顯然已經急不及待要離開了。

大家走到門口，又是一番道謝道別；這時通心粉悄悄踱過來在陸喬腳邊繞圈，菲比一把抱起牠，用她尖尖的下巴輕輕拂牠的耳朵。陸喬心裡很是不捨，想到她又是孤單一個人了；卻又覺得被觸到心中一處非常柔軟的地方，像下巴觸著通心粉小小的耳朵，像昨夜菲比的嘴唇……

趁著父母親先走出了門，陸喬回身對菲比低聲說：「菲比，我說過了，我不會走開的。」

媽媽訂的還是上次那家旅館。爸爸跟著他們進去，陪媽媽在櫃檯登記之後，出乎陸喬意料之外的，朝他喚了他一聲：「喬喬。」聲音很嚴肅，但不是嚴厲——其實是溫和的，不知爲什麼卻使他微微一震。

「爸爸不是有意要打你——」

陸喬掉轉開臉。那一巴掌的感覺還是很清晰。但是爸爸還在說：「你說不要我們管，我們怎麼能不管呢，尤其是你媽媽……」

所以「我們」眞的是指他和媽媽。陸喬把臉轉回來了。

「你要聽媽媽的話，不要讓她擔心。」很平常的話，但是聲音裡有些不平常的顫動，使得他不解地看看爸爸，再看看媽媽。他這才注意到媽媽瘦多了，這次剪得特別短的頭髮使得她的臉顯得更瘦削。媽媽的眼中似乎有一層水霧。看著媽媽憔悴的臉色，疲憊的神情，唇邊以前沒有的皺紋……他看到爸爸眼中的悲哀，忽然胸口好似被擊了一記。還沒想好該怎麼問，話已經問出口了：

「媽媽生病了嗎？」

爸爸正要開口說什麼，媽媽阻止了他：「讓我來告訴喬喬吧。」

是的，媽媽說：她不久前動了乳房腫瘤手術。陸喬覺得頭裡「轟」的一聲，但媽媽還是平靜地說下去：這次是來看舊金山的一位乳癌專家，想確定一切都好——記得嗎，上次她來，最後一天不要陸喬跟著，就是去看這位醫生的；醫生那時叫她回去之後立刻動手術，接著就作化療。之後頭髮幾乎掉光了，新的頭髮才長出不久，所以這麼短、這麼薄。經過這次的手術和化療，她相信一切都會好起來的……

陸喬聽得目瞪口呆。他以爲自己這幾個月的日子是夠受的了，天曉得媽媽在受這個罪！「爲——爲什麼不告訴我?!」

「讓你擔心，有用嗎？」

是沒有用，陸喬頹然想，因爲我只是個沒用的孩子。「是——什麼時候發現的？」

「很久了。在你來美國之前。」

這又是他前所未知的，「我怎麼不知道？」

「那時只是一個小顆粒，拿掉很簡單的。」

「同時妳就決定把我送走？」

媽媽點點頭：「我決定送你出國唸書，因爲我要你開始學著──學會沒有我也能過得很好。」

怎麼可能？陸喬心想：這是不可能的！但忍住沒有說出口，改爲追問：「爸早就知道了？」說時看向爸爸，父母兩人都點頭。「所以……」他感到一絲極短暫的安慰：「妳把我送走，不是爲了要跟那個吳叔叔結婚？」

媽媽詫異失笑：「你想像力怎麼那麼豐富？」

太多完全不曾料想到的事，令他無法理出一個頭緒，過了半晌才問：「妳眞的相信把我送出國對我最好？」

「很多事，我必須自己去一步一步地面對，不能拖累你。──當然，」媽媽的聲音有些哽咽：「把你送到美國，對我是最困難的一步。可是你和我，都要學會習慣沒有彼此的時候……。尤其是你。」

陸喬把臉埋到手掌裡，心底有個聲音在呼叫：不要，不要！我不要去習慣！我不可能習慣的！他抬起頭，「我跟妳回台灣，我回去照顧妳！」

媽媽的口氣溫柔但堅決：「我已經好了，不需要人照顧。我要你在這裡學會能夠照顧你自己。你能嗎？」

陸喬抬頭看他父親，這次爸爸沒有避開眼光：「你能的。」

送媽媽走的那天，天色陰沉沉的——舊金山的夏日常是這樣。在機場檢查關口的前面，媽媽只輕輕摟了他一下。該說的話，該給的叮嚀、囑咐，這些天都一再講遍了。陸喬慶幸媽媽沒有抱著他不放、沒有哭，否則他難保會忍得住。

媽媽走進去了，瘦瘦的身材和極短的頭髮使她的背影顯得很年輕。然後她轉回頭來，朝他揮揮手——啊，還是他的媽媽，還不老，但絕不年輕了。從小到大看著她，媽媽是什麼時候開始不再年輕了？他怎樣也不能習慣沒有她，他寧願看到她變得很老很老，只要還能看到她……陸喬覺得眼眶還是不爭氣地熱起來。

出來走過機場大廳時，陸喬回想到正是一年前的這個時候，他來到這個機場，開始了這一年的種種……。一年裡發生了許多事，時間似乎過得好快，卻又特別漫長，像過去的許多年加在一起那麼長。他不自覺地摸一下自己的臉：這還是一年前的陸喬嗎？

忽然間他停住腳步。遠處一個女孩的背影，像極了米謝兒。他的心跳立刻多跳了一拍。他在心裡喚了一聲：「米謝兒——」女孩竟像是聽見他心底的呼喚，轉過頭來。可是他看不清她的臉；她站得很遠，人來人往的遮住了視線，他無法肯定那女孩是不是米謝兒。但他看見那邊是英國航空公司的櫃檯。過一會那女孩就不見了。無論她是不是米謝兒，陸喬知道這眞的是最後一次喚那個名字了。

從機場出來不久就下起雨來了。陸喬想像雨滴打在媽媽乘坐的飛機窗子上，隔著機窗俯視遠去的陸地，媽媽心裡想著他嗎？雨滴從窗玻璃上流下來就像淚水，媽媽在流淚嗎？這些雨滴也灑在丹尼墓地的青草上。將來有一天，他和菲比都會離開這裡，去到一處也許不下雨、也許會下雪的地方。無論是哪裡，希望那時他倆還是在一起——一起長大，無可避免的變成成年人。只有丹尼，永遠睡在這裡，永遠十六歲。

其後

菲比的母親決定留在台灣照顧回頭的丈夫。她不讓菲比一個人住舊金山，於是菲比等不到明年畢業，就提前搬去紐約跟姊姊住了。

這時已是夏季的尾聲，陸喬想不到這麼快又來到舊金山機場。菲比在登機口前停步，陸喬故作輕鬆地笑著對她說：「替我跟自由女神像說哈囉。啊，還有帝國大廈、雙子星世貿大廈……」

菲比重複她的許諾：「等你來，我一定帶你去看它們。如果我打工賺到錢，就帶你到世貿大廈頂樓的餐館吃飯，欣賞紐約的夜景！」

「好，我也開始存機票錢。……可惜除夕不能來紐約跟妳一起倒數計時，迎接新世紀。」

菲比一怔：「那——再見到的時候，就是下一個世紀了！」

陸喬也突然一怔，幾乎有些震驚。他記起小學時有一個年底，跟最要好的同學湯圓玩過正要回家，湯圓忽然向他大聲說：「明年再見！」他一驚，眞像是要一年之後才會再見到這個好朋友似的。此刻他的第一個反應是更可怕：一個世紀之後才能再見到菲比？

菲比張開手臂擁抱他，「好，我進去了。」

陸喬怕她會哭，只抱一下就鬆手了。菲比走了兩步又轉回身：「答應我……常去看看丹尼。」

「一定。」

菲比的眼淚還是流下來了。「Bye，Joe。」

父親給陸喬報名上了幾堂駕駛課，又陪他練了幾趟車；第一次路試就通過，順利考到了駕照。菲比的車性能還不壞，他小心翼翼地照料，因爲這是菲比的託付。

丹尼的墓園還是那樣美麗寧謐。每次去，他都會在那棵桃樹下坐一會，代替菲比跟丹尼默默地講些話。

虹英已經大腹便便，做家事越來越吃力，陸喬和父親都很自然而然地幫忙分擔，父子之間比較有些話說了。家裡添置了嬰兒床、小椅子之類的東西，看得多了，陸喬不再有像第一次聽到時的彆扭，習慣了之後有時竟然覺得這些小東西也滿可愛的；甚至想過：也許這個屋子裡有個小嬰兒，氣氛會比較好。

十一月初的一天，菲比打電話來，興奮得上氣不接下氣：「下雪了！紐約下雪了！」陸喬說：「這裡也下雨了，你的車篷頂早就升起來了。」丹尼的墓園裡，青草有了雨水的滋潤，長得格外茂盛。陸喬想要告訴菲比。

一放寒假，陸喬就回到了台北。三天之後，他接到父親的電話，說他有了一個小妹妹，體重五磅十盎司，嘴巴小小的，但是哭聲很大……。聽著聽著，陸喬發現自己竟然在微笑。

又過了幾天，他偶然在報上看見兩個名字，心頭一震，就讀了下去。那是關於一個紀念獎學金成立的新聞，由於獎學金的數額不小，而捐款設立的人是一位退休多年的前政界名人，所以上了報，但登在一個不起眼的角落。陸喬始終想不透：自己在隨手翻報的時候，視線怎會落到那一小塊新聞上去的？

被紀念的人的名字，正是丹尼的中文名。至於設立人的名字，陸喬隨即想起來，是丹尼的祖父──在丹尼家牆上掛的字畫上，陸喬看見過那個名字。

他把那則新聞剪下，複印了寄給菲比。

新年那天的中午，陸喬和母親在家裡的電視上，看著現場轉播紐約時代廣場上跨世紀的倒數計時。他比菲比早十二個小時進入了二十一世紀。

在陸喬其後的人生裡，他常想到那一年，常想到如果時光可以倒流，如果他可以回到某一個點重來，他是不是要回到那一年，是不是還要回到那一個地方，如果可以，他要怎樣重來？他將作些什麼改變？

即使他可以回頭，並且重新作出他以爲的最好的決定，事情仍然有無數的可能。或許他能改變一些事，但未必能改變每一件他想改變的事，或者讓事情變得更好──尤其有些事在一時一地似乎是好或不好的，到了另一時另一地，呈現的意義已完全不一樣了。

若干年後，或許他和菲比依然是知交，甚至成爲終生的摯友、伴侶；但也有可能兩人都各自遇到更親密的愛侶，而漸行漸遠了。

橋音可能恢復了健康，看得見陸喬成家立業、結婚生子；但也可能在不太久之後再度發病，而永遠離開了他。臨行之際，她想到陸喬已有足夠的面對這一天的準備，該會感到安慰而沒有牽掛的離去吧？

陸喬的父親可能仍是少言寡笑、視與人溝通爲畏途；但更可能的是隨著年齡的增長和小女兒的到來，他漸漸打開自己，變成一個隨和甚至有點幽默感的人。陸喬高中畢業後離家去上大學，其後一直不曾回去長住過，但有機會他總是會回去探望一下，跟小妹妹玩玩。還有許多年她才會變成十六歲，陸喬算過到那時自己將會是個三十三歲的、比成年人更成年的中年人了。他不無憂慮地想：那時的妹妹看著他的眼光，會跟他十六歲時看成人世界的眼光一樣嗎？

菲比可能無法習慣紐約，而終於還是回到舊金山來；但那時陸喬已經去了南加州上大學了。或許她也會跟著去南加州，或許她留在舊金山上社區大學，甚至或許回到台灣去陪伴母親。但非常可能她在紐約的烹飪學校遇見了一個善良樂天的法國裔男孩，畢業後隨他回到他的家鄉諾曼第開餐館去了。多年後陸喬出差到巴黎，特地繞道去諾曼第看她，菲比已有一個可愛的小女兒，當然還養了一隻奶油黃夾淺可可色斑紋的貓。陸喬相信等這個混血小姑娘長大以後，不見得會不及米謝兒漂亮。……

那個夏天之後兩年，陸喬高中畢業，申請到南加州的一所大學。開學前一個星期，他開著菲比的車離開父親的家，六小時之後來到他的宿舍。又是一個新的開始，一切的可能呈現在他面前。

他寫電郵告訴菲比：「南加州眞的從來不下雨，至少從我來到這裡之後從沒下過雨，每天陽光燦爛，校園裡女孩子都穿得很少……。我最好埋頭專心讀書，少往窗外看。——一笑！」

不久之後，菲比來信：「你爲什麼不早些來紐約？現在世貿大廈不存在了，我再也不能帶你上頂樓吃飯了。很多我們以爲會存在很久很久的東西，竟會在一刹那間消失！紐約永遠不會是我第一次見到她的模樣了。天哪我好想念舊金山，雖然那裡冬天不下雪，淨下雨……」

「親愛的菲比：歡迎你回加州來，任何時候，妳告訴我，我會趕去舊金山接妳。妳的車我還在開，後座椅墊修好了，妳看到一定會很高興。Welcome back to San Francisco，歡迎回到舊金山。歡迎妳回來。」

然而陸喬知道：有些地方——其實是所有的地方，一旦離開，就很難再回去了。

過去是永遠也回不去的。

二〇〇六・六・五完稿於美國加州史丹福

〔附錄〕

文學途上，離家與歸鄉

駱以軍對談李黎

黃筱威、尹蓓芳・記錄整理

駱以軍（以下簡稱「駱」）：從您最近在印刻發表的作品《樂園不下雨》、《浮花飛絮張愛玲》，以及早前出版的《海枯石》，我覺得這些著作剛好可以作為理解您、大量牽涉到您個人回憶史的三條時光走廊。當任何提到浮萍漂流、去國憂思的這種海外書寫作家，您一定是華人代表型人物。那很有意思的是，代表人物像是劉大任、郭松棻、張系國或者顧肇森這些被當成海外華人小說典律的作家中，我們發現您在這裡面是最怪的，就是您在最經典《初雪》、那樣藝術的濃稠度是非常可怕的短篇小說集，之後，反而您對這個國族傷害的包袱是拋開的。您對於離開，空間上是去國離開故鄉，而這個故鄉又很複雜是雙重的國家分裂與個人的流放；可是在藝術上您又離開了一次，就變成從後來不管是題材和型式的選擇都是改變的，像《袋鼠男人》、《浮世書簡》。

那最近這三部作品剛好是您比較近期的三個面貌。第一個《樂園不下雨》，非常專注的處理一個已經是移民者的第二代了，不像《初雪》裡頭的幾個短篇，會處理到那些權力者的陰暗面、遷移者青年的憤怒或是人格上的傷害。《樂園不下雨》已經是很純粹的處理青春的哀歌。那很奇怪的是，它沒有上文，裡面有提到說他是在一個不自願的狀況下被放在國外，但這個小孩並沒有像上一輩那樣憤怒，有那種國族記憶的傷害，他依然交著朋友，已經是既成事實的在寫第二代，包括裡頭有很多青少年的語彙。這部分我也覺得很厲害，怎麼有辦法去掌握青少年社交的狀況。作爲一個文學閱讀者，裡面有兩個畫面對我來講非常的強烈：一個就是萬聖節的時候，這個男孩子唯獨他沒有化妝好像有點渾渾噩噩的跟著一大堆吸血鬼的隊伍走在大街上，然後看到一個他以爲是他迷戀的、像是公主夢幻美絕般的女孩子，結果對方竟然是個男的；那另外一個畫面是，他第一次到他喜歡的女孩子她家所鋪陳的豪華排場，那種上層社會的浮華社交，他感到格格不入，爲自己的打扮覺得屈辱，然而當大家在吸毒的時候，他也一起弄白粉，當他走進很華麗的廁所時，在洗手檯上卻發現白色粉末的殘屑……我覺得那寫得眞是太好了，少年渾渾噩噩經歷著這一切：少年愛、摯友的自殺、性的傷害與羞辱，這些正在發生的事，卻不被也是移民者的父母理解。

我覺得這兩個東西，讓有心者在閱讀的時候，還是會感覺這是在處理台灣這邊或是大陸那邊所沒有能力去理解的，其實這種東西很像奈波爾、魯西迪他們常在處理的異國經驗，而且是要很長久的異國經驗。那種不知如何的永遠活在別人的夢境裡、聽不懂別人的笑話、似乎在黑白片裡，那我想能不能請您從《樂園不下雨》談一下關於移民第二代小孩的迷思。

李黎（以下簡稱「李」）：好的。你剛講的那些就牽涉到我想觸及的兩個題目：第一個是流離的主題。我覺得自己出國算是一種自願的流離，在我二十二歲離開台灣的時候，當時沒有想過自己在身體上會離開這麼久的時間。我本來跟我母親說兩年後唸到學位就回來的。那個年代的機場，常常出現跪別父母的場面，全家哭成一團，像是風蕭蕭兮易水寒似的，我就是那樣的情況出國的。沒想到後來到了某一個程度其實就是個不回歸線，當你發現居然把一個異國地方叫「家」了，你就是過了一個不回歸點，選擇了自我的流放。

當初還沒有料想到的現象是，我為我的下一代造就了一個「巴別塔」。我當時是自己一個人出國，沒想到有下一代的問題，但我後來在那邊結婚、生了兩個小ABC（美生華人），雖然他們還算是略通漢語，可是仍然沒辦法閱讀我的文字，我為自己最親的骨肉建造了一座語言的巴別塔，我怎麼都沒想到會走到這樣一步。有一個朋友跟我背景很相像，他的母親是受完好的日本教育，這個老母親用日文寫日記他沒有辦法閱讀，而他同我一樣住在美國，他自己用中文寫日記，他的孩子也沒辦法閱讀。這都是由於種種歷史的緣故，自願的非自願的、自覺或者不自覺的，因為流離的關係建造了一座語言上的巴別塔。更不幸的是我這人對於語言文字是如此的敏感，甚至覺得文字的溝通重要過於一切、更能夠完美的表達思想情感；以致覺得這種國族跟家族的、自願或者不自願的情況下造成的阻隔，已經是無法用悲哀兩字可以形容的。結果連母語（mother tongue）這個詞都有歧義了，對於我的兒子來說，他的「媽媽的話」是中文，可是就技術上來講他最熟悉能夠掌握的語言——所謂「母語」當然是英文，他對中文是斗大的字識不了幾個、講起來結結巴巴的，所以他的母語並不是他母親的語言。

我出國三十多年還一直堅持用中文寫作，原因之一固然是我的英文不夠好到可以用英文寫作，但這並非不能克服的，就像很多大陸作家，出了國就非常勇敢的用英文寫作；所以這是一個意願的問題。我選擇用中文寫作，除了我太執著文字之美，主因還是選擇用母語書寫來跨回身體越過的那條「不回歸線」。當你作爲一個客居在異國的人，選擇用客居地的語言寫作，其實你是用當地的語言說故事給當地人聽的，你沒有意願說故事給自家人聽。舉哈金的小說爲例，我看英文有些還滿不錯的，可是一旦翻成中文卻怎麼樣看都不對勁。當你選擇要用什麼語言下筆創作的時候，其實就決定你是要說故事給誰聽的。美國學者Steven G. Kellman在一篇評哈金的書評裡，也講到一個語言的現象：一個跨語系的作家，當他用第二語言寫作的時候，他的文字便失去一份純眞。這個觀察並無貶意，母語確實是「純眞年代的舌頭」，而第二語言則無可避免是謹愼的、精緻化了的語言。無論你把第二種語言掌握得多好，都不如第一種語言那麼順口、直白而自然，第二種語言幾乎是造作的——我們講「造作」也並不是說不好，捷克作家昆德拉在流亡多年後改以法文寫作時，也承認當他說捷克語的時候，句子自己就從嘴裡說出來，而法語對他來說卻是經過思考的、斟酌的。

出國這麼多年，我選擇依然用母語寫作，第一點主要就是我的故事要講給誰聽？在我心中從來沒有懷疑過，故事就是要講給自己人聽的，用我最直覺的、純眞年代的舌頭。我沒有過要講給外人聽的意願。那麼我付出的代價就是爲我的孩子造了一個巴別塔，他們沒有辦法進入我的文學殿堂與書寫世界。這種時候，我就會很羨慕你（笑）。

駱：我記得李歐梵有篇文章曾講過海外作家們的這種失根懷鄉與離散的情結，其實某部分是民族主義的象徵物或是幻滅的替代，就說對這類作家而言，反而因為過程中有空間上巨大的斷裂與離開，而會造成以中文寫作視野的主體想像上，產生一個不中不西、既中又西的東西，他覺得因為有這些離散作家在題材的開發或語言上的混血，反而是生出更多的可能性。

李：王德威也有在評論中提過好像是解不開的中國結之類的話。可是後來，在我寫作和人生裡有了變化，如今我覺得我這個結已經解開了。也許是年紀的關係，我要求的是一個比較「自在」的境界。什麼是故鄉或者異鄉，其實是相對的。像在異國的時候，你只要遇到一個華人，首先的直接反應是他從哪裡來的，台灣、大陸、香港……？可是在面對洋人的時候，很自然就會跟華人變成一國的。蘇偉貞有次就問我：妳怎麼一下子就變成是個台灣作家一樣，她的意思是不像個所謂「海外華人作家」嘛。當時我跟她和幾位台灣作家一起在大陸玩，我極其自然的覺得自己跟他們是一夥的，再自然不過的直覺反應，連想都不用想。我認為這種感覺無須用到理性層面、更不須放到意識型態層面去多想的。

這些年來因為我堅持用中文書寫的關係，我覺得自己一直不曾離開過故鄉，這是一個非常牢固的聯繫，我不斷的寫不斷的送回來發表。至於有沒有反應或多少，我曾講自己好像在給故鄉寫一封封的信，幾乎沒有回信有時也感到滿寂寞的，可是我總是相信會有人讀到的吧，那種感覺還是很好。講到流離（diaspora）的作家和作品，的確在二十世紀的文學是非常重要而且是主流之一。這也就是你提及李歐梵說的，離散作家在題材的開發或語言上的混血，會生出更多的可能性。確實如此。像你一開頭就指出我在「空間」和藝術上的「離開」、對各類題材與形式的選擇與改變，是很敏銳的觀察。但若說早先我的「去國」或是家國之思比較濃烈的話，這些年來已經不在我的思慮裡面了，「無根」、「中國結」這些詞已經不再是我的情感包袱。我認爲自己在國外以華文寫作，視野雖是異國的，立足點卻是一個宏大深遠的中華文學的傳承，這應該可以超乎很多地域的、短暫一時的，或者意識型態這些東西之上。也許算是不幸之幸吧，大部分時間我住在海外，不必陷在一種很地域性爭論的漩渦中間。

駱：我在看您的小說，從最早《初雪》就有一種感覺，我覺得非常類似石黑一雄的情景，即使您最是在處理那些包袱的時間點、去國懷鄉的題材面向時，都讓我想到石黑一雄的《群山淡景》、《浮世畫家》以及《長日將盡》這些。就是有一種霧鎖重樓般，彷佛早在小說故事的現在時刻之前，就發生過的一個封禁起來的狀況，我覺得你好像石黑一雄都有這種能力。看起來非常平淡，一種壓抑的羞恥與愧疚，變成是一個時間或歷史的債務，譬如說像〈譚教授的一天〉，那個最終沒幫自己恩師寫文章辯護的老教授。《浮世畫家》也是，好像有一種東西是這些小說中人物之外的、都沒有能力去反抗的詛咒。我覺得這種靜默的暴力是石黑一雄很厲害的，比其他型式的戲劇性災難更讓人覺得恐怖。

《初雪》是短篇小說集，每一篇的主角，在那個場景都是人模人樣、合宜合理的在人群中間講話行事，可是以一種苦悶型式所藏起來的瘋狂卻早在很後台已經發生了。譬如說〈夜樹〉這篇確實讓我想到張愛玲，講一個少女的性壓抑；然後你寫到〈西江月〉那個神祕大人物的父親，衰老死亡的場景，其實都是非常可怕的。另外我覺得最經典〈最後夜車〉，也可當作討論遷移和離散最典律的一篇，他在暗夜裡在回憶中甩除自己過往暴力的救贖。他在文革時期因「無知」犯下之罪，最後情境重演顛倒，他為了保護一個陌生女人，死在異國的地鐵。

我覺得你有一個溫暖的東西是與生俱來的，這個東西很有意思，在您個人創作的動作或型式走向上，是國家分裂和人格的自我流放再流放，可您後來會去寫像《袋鼠男人》和《樂園不下雨》，關注上已經完全不理這些老頭子了，反而就是處理在地的他們這些人的遭遇。其實您的溫暖和敦厚，在我看〈春望〉那篇也是非常感動到哽咽，故事講兒子為老父親偽造一個信的事情，我覺得都是很凝練、藝術完成度非常高的作品。所以我進一步想問您，從保釣運動那時候起的心裡變化，還有後來有什麼樣的轉折？

李：話說從頭的話，應該從我大學時代開始。在我生命中有兩個重要的年代：一九六八年和一九八九年。一九六八是全世界很重要的年代，那時候全世界的青年普遍有一種覺醒，開始質疑既成的權威體制是不是合理的，學生運動風起雲湧，從中國大陸到日本、歐洲、美國都是。那時候我在台灣大學三年級，隱約知道外面的世界在發生很多事情。可是那樣一個封閉的社會要開一扇小窗也是不容許的，特別一九六八年陳映真被捕，給我的震撼相當大，那時候我就思考：究竟什麼樣的政治制度和社會是帶給人民幸福或是災難？我知道現有的絕對是不合理的，但是那什麼又是合理的呢？所以就接觸所謂的烏托邦、或者說「負面的烏托邦」文學，於是那時候就跟我當時的男友、現在的先生翻譯了《美麗新世界》。現在回想當時眞是初生之犢不畏虎，英文並不好卻照著字典就去翻了。後來到一九八八年的時候，我才整個把它重新順過一次。當時用的是「黎陽」的筆名。

一九六九年我大學畢業，一九七〇年到美國。那時美國學生反越戰運動已到尾聲，但還是能感受到六〇年代的氣氛。一到美國我立刻就去接觸原本在台灣不能觸及的中國大陸三十年代的文學。我要知道爲什麼我們會變成現在這個樣子，爲什麼要被封閉，爲什麼有一個巨大的文學斷層……一時眼睛簡直是大開了，於是我就寫了〈譚教授的一天〉。然後因緣際會參與「海外五四運動」，就是保衛釣魚台運動。那時候眞的是非常的純眞，全心全意希望知道什麼才是最理想的政治制度？我也非常想了解我父母來自的地方——那個神祕的、禁忌的中國大陸，被描繪得像個妖魔一樣，世界上五分之一的同文同種的人口我們竟然對他們一無所知，這究竟是怎麼一回事？那種對於文化傳承的求知好奇是沒有辦法壓制下去的，所以當時參加保釣運動除了「保土愛國」的信念之外，也是覺得，我有權利要認識自己在文化和文字上來自的祖國大地上的一切。那是我一生當中很獨特的經歷，可以比美一場轟轟烈烈的戀愛，那種無私、近乎宗教的虔誠與激情，周圍跟你志同道合的人都像親人一般，願意為一個崇高的理想奉獻。我覺得非常幸運，在我二十出頭的時候有過這樣的經驗，那時候交上的朋友也變成一輩子的朋友。當然一個運動到後來可能會變質或發展到另外一個層次去，但對我來講那已經是個獨一無二的「革命」經驗了。所以在那個時代寫的幾篇小說，就是比較有這種家國之思的小說。

後來運動基本上結束了，自己也不再是學生，生活漸漸安定下來，當我做了母親就進入人生另外一個階段了。因為參加保釣，台灣戒嚴的年代我在黑名單上，從一九七〇到一九八五年，有十五年的時間無法回台灣。一九八五年我母親急病住院要開刀，我想我一定得要回來，於是我就去試試看申請，好在那時候政策也比較鬆了，就發給我簽證回來了。

記得回來後我還參加《聯合報》辦的一個活動，康來新教授坐我旁邊，她問我是哪一年哪個學校畢業的？我說，一九六九年台大歷史系畢業的。她說那一年台大歷史系有個叫黎陽的，寫過〈譚教授的一天〉，跟你是同班，你認識她嗎？我那時候感覺就是一個人死了之後，魂回到故里，居然還有人記得……非常怪異的感覺啊。

駱：所以您後來筆名在換的過程，是有意識的嗎？

李：其實在海外寫一些激進文章的時候，就用了「李黎」的筆名。一九八二年，寫了〈最後夜車〉寄回台灣應徵小說獎，不便用「黎陽」也更不敢用「李黎」，才取了「薛荔」，當時我先生還很高興用了他的姓呢。後來得獎了（聯合報七十一年度短篇小說獎），我也不敢回來領。

所以到一九八五年回來的時候，居然還有人記得我寫的小說，我想我眞的應該繼續寫下去。八六年洪範出了我的第一本小說集《最後夜車》，那時候還是用薛荔這個筆名。這一段的作品基本上就像你剛前提到的那幾篇短篇小說，還是有種去國離鄉的情結，就像王德威講的。尤其那時剛回來不久衝擊還是很大，現在的年輕人大概很難想像一個人竟會離開他的家十五年不能回來，我當時眞的是常常做夢自己回到家了，父親已經過世，母親一人在房裡，背對著房門在給我寫信，一再重複的夢境讓我每次醒來都非常的難過。當我眞的能夠回來的時候，起初感覺如夢似幻，後來漸漸很踏實知道自己可以很安全回來，這邊還有人記得我寫的文字，然後我還可以寫、拿去給人發表，那時眞的覺得很好，後來繼續寫〈城下〉、〈傾城〉時都很快樂。

然後就是一九八九年，我的大兒子由於先天性的心臟病突然去世。在那之後我寫的東西又不一樣了。這眞的是一個人生的分水嶺，對我來講那是一條線，很多事情被分成在那「之前」與「之後」來看。可是其實在那之後的很多覺悟跟改變，還是緩慢漸進的。比如說我對於寫作的看法，我覺得文學是個聖殿，是沒有妥協餘地的，可是如果落實到寫作這一件事上，在日常生活中，我們常要扮演許多角色：母親、妻子、女兒，或在國外種種生活的現實問題，因此寫作這工作上，必須有一些妥協——文學是沒有妥協的，但是這個「工作」會有很多妥協。失去兒子的悲劇對我的寫作來講，我自己可以感覺到的很大改變是：在以前那個所謂「憂國憂民」的年代，我寫作是有使命感在那兒的，可是那件事以後，自己活下去都很辛苦，寫作變成是救命的、療傷的東西了，所以像《悲懷書簡》，就是那個時候不斷寫筆記寫出來的。在國外我們沒有什麼親人，不像在台灣，會有兩邊的親戚長輩給你各種安慰照顧，但在國外是沒有的，但是謝天謝地，還有一些好朋友。而我也不看心理醫生，因爲覺得我們的文化還是不習慣這麼做，所以其實就是藉由文字自我治療。當然那是很慢的、漸進的過程，甚至到後來我發現自己不是直接用文字療傷，而是用文字來保存記憶。一個生命的失去，特別是一個年輕的、短暫的生命突然終止，我替我的亡兒覺得很不公平，他還沒來得及製造許多記憶、還沒有能夠攜帶許多記憶，生命就被中止了，我想我有義務去繼續他的記憶，並且讓這個世界記得他。後來一步步發展，變成我寫什麼都是爲了承載一些記憶，不管是誰的記憶——可能在內心深處都還是爲了一個特別的人。你剛才提到的書，像《海枯石》、《威尼斯畫記》，或許會覺得我可能寫太多旅行的作品了，但我想說的是：其實我的旅行作品就是我的行走的記憶。另一方面，也是爲了早亡的孩子，會覺得在他的生命終止之後，作爲母親的我，無論去到哪裡、看到什麼，都是爲他去看、去活——爲他多活一份。

駱：這很有意思。我想到李渝，從《金絲猿的故事》之後，她也有一個抽空的國族想像，可是後來寫《賢明時代》，她從藝術品的畫、石雕進入一個帝國的花園，一個虛擬的，等於是保釣時候空缺的那些，她用美學上極度的專注去搭建一個烏托邦。而您是用「旅行」，我覺得好像孫悟空一樣上天下地，到布拉格就召喚卡夫卡、哈謝克的魂，好像有另外一種世界觀。

李：旅行的時候會覺得自己比較像一個世界人，可以脫掉身上許多標籤，就只是個旅者，專心的去看、去記取。或許由於長時間是個「邊緣人」的緣故，無論在哪裡，我始終有一種「異國的視角」去看待熟悉或陌生的地方，也就是你說的「另外一種世界觀」吧。

駱：回到《樂園不下雨》。您剛才提到的喪子之痛，我後來有聽說您又生了一個，「把他生回來」，這有點像大江健三郎《換取的孩子》。我覺得您的意志力非常強大。但在作品上，《樂園不下雨》核心的傷害還是青少年的感性面臨死亡的突然發生。

李：你提到大江健三郎，讓我很感動。他的兒子嚴重智障，他曾說過他的書寫其實是爲他無法表達自我的兒子發聲；後來他的兒子成爲一位作曲家，大江就說：兒子有了自己的聲音，他封筆都可以了……類似這樣的話。可是不久之後他的妻舅、也是童年至交，電影導演伊丹十三自殺身亡，大江又提筆了。我覺得這次他是爲了自己的 alter ego「另一個自我」發聲。

回到你的提問，其實這些都像是有一條線串起來的。這就帶出我們對話開始時尚未談及的第二個題目：關於死亡、我們從那裡學到的功課，以及對亡者的悼念方式。

《樂園不下雨》最早的前身是一個短篇小說〈浮世〉，這大概是我自己最喜歡的短篇作品之一，就是喪子之後不久寫的。裡面有一個很美的少年，莫名其妙地自殺了，那個少年的名字就叫喬，是個大學生。這個念頭始終纏繞著我，一個少年之死，寫完〈浮世〉仍然沒辦法把它放下。當時大概是九〇年代初，一直到一九九九年，世紀末，我重新寫了一個電影劇本，已經跟〈浮世〉沒有什麼關聯了，就叫《樂園不下雨》，得了二〇〇一年新聞局的最佳電影劇本獎，可是沒有多少人知道，也沒有人拍成電影。劇本和小說〈浮世〉其實完全不一樣的，我只是把〈浮世〉裡沒有解的一條線繼續下去，因爲還是不甘心那個少年就這樣死了，於是就在《樂園不下雨》的故事裡把他一分爲二，讓他們兩個朋友一個死了一個活下來，活下來的那個名字才是喬，我給了他生命，覺得他應該有活下去的權利，可是在我內心深處知道，一定要有個悲劇，一定要有個少年死掉。（青少年因憂鬱症自殺，是我非常關懷的一個題目，不過這裡來不及談了。）把他一分爲二寫出來之後我才「放心」了，像是對生命做了交代。

可是這劇本寫出來都沒有人讀到，我那時就想要寫成小說。寫劇本無論如何就是覺得不過癮，因為你只能寫對話，不能形容描述，而且拍出來很可能面目全非，這在拍《袋鼠男人》時我有深刻痛苦的體會（笑）。四、五年來我斷斷續續把這劇本改寫成小說，改寫當然完全是兩回事，而且中間又作了許多改動，小說前半段情節和劇本很像，但後半段完全不一樣，一直到前不久才有了現在的定稿。

這個故事動筆的時候是一九九九年，二十世紀最後一年，可以說是寫給我的「次子」——當時十六歲的兒子Albert的。他有一次跟我說：「媽咪，你們這一代人很幸運，你們成長的六、七〇年代，你們的偶像、英雄，即使是一般大眾文化的英雄，比如鮑伯・狄倫，也都是有種理想的，可是你看看我們現在的偶像英雄是什麼？！」我就想，這是不是真的？我跟他說：「這也不一定，我們在你這個年紀時一點都不覺得自己幸運。」他促成我做了一些反省，六〇、八〇或〇〇年代，每一代之間有什麼是另一代人所沒有的，擁有什麼令其他年代羨慕、瞧不起或責備的。在叛逆的青少年時期，他常會跟我講：「我們之間的隔閡不只是年紀的，還有文化的，你是中國的文化我是美國的文化。」我覺得簡直有萬丈深淵在我們之間。再加上我剛說的巴別塔，我的書多少本在那裡，他一本都不能看，都不知道我在想什麼。他會跟他的朋友說，我媽媽是個有名的作家，朋友問他，你媽媽寫什麼，他卻說不知道！不過他對我寫電影劇本倒是很感興趣，問我寫什麼，我告訴他內容和一些細節，他很驚訝我對他們這代人怎麼這樣了解，我啼笑皆非的說：別忘了我是你的母親啊！

我曾在聖地牙哥加州大學教了一年大四中文，班上就有不少小留學生，有些美國人學得好辛苦，小留學生卻都已經開始看金庸什麼的，所以後來就只好分班。我對那些小留學生滿有興趣的，有一次跟其中一個聊天，後來就用在我的小說裡。我問他：你爲什麼來這裡作小留學生？他說我爸媽送我來的，因爲他們去算命，說我離開爸媽會比較好。我問：對誰好？他說：我也不知道，反正他們說比較好我就來了。我又問他：你怎麼願意來，你怎麼想美國這個地方？他說：我想美國就是一個大狄斯奈樂園啊。

我現在已經忘記他的名字了，不過眞的很感謝他，因爲我自己是怎麼編都編不出這樣的話。「樂園」的意象就是從這裡來的。後來就在我兒子十六歲的時候寫了這個十六歲少年的故事。

寫這個故事也是我自己作爲一個母親的反省。作父母親的常有焦慮，其一是焦慮自己是不是做得夠好，比如他的同學都在學什麼而你沒有讓他學，或者初中沒讓他念私立學校以致於高中時功課跟不上，會感到非常抱歉。你永遠不可能作一個完美的父母親，可是小孩一有狀況你就認爲自己失敗了、對他不起，因爲不管怎麼講這個生命是你創造出來的，你對他有百分之百的責任。還有另外一種焦慮，我在你的《我未來次子關於我的回憶》裡有看到，這樣一個世界是我們造出來給他們的，我們要負責任，可是這世界到後來變得很可怕，未來我們不能參與，但從現在的情況可以想像那是一個不會讓人快樂的世界，那焦慮感眞的很大，你完全無能爲力，因爲到時我們都不在了，他們卻得在其中生活。所以我說這部小說是我作爲母親的一種自省，我在裡面就藉小孩的口說出來：「我們開車都要學習多久考個駕照，可是做父母親這麼重大的事，卻什麼都不用學，要做就去做了。」這想想是很可怕的事。

在我這部小說出版的前夕，同時讀到你的《我未來次子關於我的回憶》和朱天心的〈南都一望〉，都是我們觀察周遭的世界，想到要把這樣環境傳給我們的孩子，那種焦慮、恐懼、負罪感，我想不是作父母的可能很難體會。美國前陣子出版了一本小說《The Road》，Pete McCarthy寫的，整本書就講一對父子走在一片廢墟上掙扎求生，走了幾個月，讀到後來你會發現那廢墟就是核子大戰後的世界，這父親百般保護他的兒子，走在像《現代啓示錄》之後的世界，很蒼涼恐怖的。當然我對未來的想像還沒有這麼可怕。你說我的文字有種溫暖，我想是我對人性還有一點信心吧，我眞的不大會寫邪惡的東西。

順帶提一下《袋鼠男人》。寫《袋鼠男人》是有點像我向命運討回一個孩子。裡面科學的部分來自我先生，他是個生物醫學家。那時我們剛失去孩子，很希望再有一個，但是以我當時的年齡和身體狀況來說都很難，機率低於百分之五，醫生幾乎都宣判死刑了，吃盡苦頭嘗試了各種辦法都未能如願，所以《袋鼠男人》裡面那個女人經歷的痛苦我都經歷過，一直到寫的時候還在那過程裡。所以那時候我先生幾乎有這個意念，如果我不行的話他願意自己來懷孕生子。眞的很悲劇性。命運裡失去了一個生命，竟想跟一個不可知的力量說，我要討回來，其實是很傻的，像薛西佛斯等等那些希臘神話裡的人物，跟蠻橫的、天威難測的神去試著討一點公道……

駱：《袋鼠男人》讓我想到最近讀的一本美國小說家傑佛瑞・尤金尼德斯（Jeffrey Eugenides）的《中性》（Middlesex），既是三代遷移者的家族史，卻又微物透視地從祖父母亂倫的那枚受精卵，進到一個遺傳基因雙螺旋體的神祕舞蹈教室。似乎把馬奎斯《百年孤寂》邦迪亞家族第一代即恐懼之亂倫詛咒——生出一個有豬尾巴的孩子——終於在滅絕的最後一個子裔身上實現，這種原本是離散者下意識「惶惶的威脅」像鋼琴鍵精準調音成基因的模型。遷移族裔必然的內向排外性格，一種圍縮在自家餐桌、與外面世界格格不入的母語和不快的受挫父母，自然會產生一些文化上的近親繁殖或滅絕的恐懼。寫這類關於遺傳惡夢的小說，我總以爲女作家寫得好。譬如，瑪格麗特・愛特伍的《浮世男女》，還有Zadie Smith的《白牙》。早年您曾以「黎陽」的筆名翻譯赫胥黎的《美麗新世界》，那幾乎是我們這一輩文藝小知青對「反烏托邦小說」的啓蒙經典。但《袋鼠男人》似乎卻是一個科技神話在良善的人的命運中美好地完成。有些段落讓人讀了哈哈大笑，可是它牽涉到的層面極複雜：神學、醫學、法律、遺傳工程、兩性的身體權，甚至高級學術機構裡的權力鬥爭……，有許多關於人工受精、手術檯、培養室現場的細節，什麼「胚胎聚合酶連鎖反應」、「胚胎性別鑑定」這種極專業知識……，可能皆不是一般小說家有能力調度、動員的。這本書現在看來還是很前衛。

李：小說裡面那些技術部分還是可以過關的。不過，在眞實生活裡，最後我是自然懷孕的，在試過所有的辦法、那些不孕症專家們都放棄了以後，我竟奇蹟般的懷孕了！在那之前《袋鼠男人》的中文版已經寫完出版了，我開始重寫英文版，所以我寫《袋鼠男人》英文定稿的時候非常小心翼翼，幾乎有種迷信，最後只寫到那個男人昏迷，不敢說他會不會醒來，最後的結果還是交給不可知的天命。潛意識裡我很謙卑地希望肚子裡的「奇蹟寶寶」平安出生，不再挑戰那不可知的命運了。這也許可以解釋我的作品裡一些難以解說的懸念，比如《浮世書簡》那部小說，是在寫到半中間時發現自己懷孕了，於是對書中人的命運就有了更愼重的安排。到了現在的《樂園不下雨》，我覺得自己和命運——或者說那個不可知的力量——已經達成和解，我也不用再跟它爭什麼，我的奇蹟寶寶都滿十三歲了。小說裡的兩個少年一個死了一個好好活下來，雖然不知道之後會怎麼樣，作者也無能爲力，但是活下來的那個孩子從摯友（也算他的alter ego吧）的死亡學到了成長這一課，而我作爲一個母親的反省也完成了。不過，開始寫的時候還不知道兩年後會發生「九一一」事件，我在小說最後才把它點出來。對年輕人來講，世間的事物好像都是天長地久永遠會在那裡的，書裡的年輕人相約來年要在紐約世貿大樓頂上相聚，根本不會料想到很多東西竟會在剎那間消失，所以說學到「無常」是人眞正長大的第一課。

我的題目好像都很沉重，可是你說你會覺得我的文字語氣是很平淡的、壓抑的……

駱：就像我剛才提到的石黑一雄。你非常靜默，人物間的戲劇張力是很壓抑的，但是都有一種很奇怪的哀感，他自己也不覺得，其實有事情在之前就發生了。

李：這其實是我自己的性格所致吧。我最崇拜的作家沈從文就說過，無論好的或者壞的，你都不要叫出來。我受他的影響很大，但是這影響可能還是不及人原先的性格，我什麼事都想要拉出一個距離，也許這點讓你想到石黑一雄，雖然我並不熟讀他的作品。這個距離或許和長年作為一個「邊緣人」有關吧，讓你讀他的小說也眞的就像「遠山淡景」那種感覺。

駱：是底牌都不打出來的。最後底牌只輕輕打一下，很淡的。

來講講張愛玲吧。

《浮花飛絮張愛玲》算是某種跨時空的場景重建，某種招魂。上海美麗園、愛丁頓（常德）公寓、重華新村、洛城寓所、舊金山紅磚建築……似乎把作者自身作爲「異鄉人」主體的漂流路徑，透過這種「尋跡」、「查訪」，將這種極女性的、流動困蹇的永恆放逐，將對世紀記憶的招魂，又像是傷痕的修復，縮焦在上海張、胡，或者暮年的張的獨居公寓這些昔時時光現場。這樣像偵探重回「命案現場」，「重建」——這是張胡兩人當初來去步行的一段馬路，這是張小說裡寫到上海女校同學唱的英文歌〈蘿絲瑪莉〉，這是張與丈夫賴雅公寓下坡的唐人街——但您寫來仍充滿您小說中常見的疏離與哀感。昔人已乘黃鶴去，此地空餘黃鶴樓。張愛玲當然是個致命的謎，致命的吸引力，但《浮》這本書似乎由電影空鏡或無人舞台拼綴了一個「不在場的張愛玲」。您招魂的那個不在場的張愛玲，似乎有別於張迷們從她的小說、散文，或張胡傳奇、與賴雅結婚、「我從海上來」的那個冷漠世故的張愛玲。勾連上前面所說的，您從早期小說一路下來「離開的離開」，這裡似乎少了幾塊拼圖（也許您在未來的小說會揭開謎面吧？），可我隱隱覺得這本書的書寫恰是《樂園不下雨》的您的另一個面向：在那個故事，您是一個哀傷的移民第二代不幸故事的母親視角；在這一面，您卻是永遠「在途中」（相對於張的「不在場」）的少女遊魂？

李：其實我有點懷疑自己是否能稱爲張迷。我並沒有那麼「迷」她，而且你看得出來我的文字裡幾乎找不到「張腔」，雖然我熟讀她，也確實很喜歡，就像我在《浮花飛絮張愛玲》的自序裡提到的。我對於幾位給予我文學欣賞、寫作養分的作家眞的心懷感激，比如張愛玲，尤其越到中年，更能體會那種無常與蒼涼之感。而這幾年常常去上海，很奇怪的會覺得對這地方很熟悉，有種鄉愁的感覺，對舊日事物永遠失去的惆悵，勾起你一些熟悉又陌生的思緒。

我們寫作或者情愛的對象，往往是在找一個你曾經熟悉但不曾擁有的，或者有過又失去了的，可是找到了之後因爲發現不是完全符合當年所想，又想加以改造，於是就不斷在追尋並想改變。我常想，如果一個人滿足於他所有的話，是不會去寫小說的，就是因爲有哪裡不對才想寫對；當然也可能越寫越錯（笑）。想把應該發生但沒有發生的事糾正過來，眞是個妄念吧。可是如果沒有妄念，也不會有那麼大的欲望去寫虛構的東西了。

回到上海的鄉愁感：我後來發現那就是從閱讀開始的，當然主要是張愛玲。到了上海，無論是見到法國梧桐葉、還是淮海路（霞飛路），總覺得她無所不在。後來則完全是意料之外見到胡蘭成的姪女胡青芸……

駱：您和表弟一起作的那個訪問眞是太有意思了。

李：面對青芸、聽她講話，眞的是非常特別的經驗。後來是我決定完全照她的原話謄錄的，翻譯成國語的話就原味盡失了。即使大家不熟悉那方言得用猜的，只懂七八成也沒關係。

駱：眞的太好玩了。在胡蘭成書裡胡腔胡調的寫每個女人都深情又美麗，胡青芸講來就完全是另外一回事：那個是神經病，這個臉大，難看來兮。（笑）

李：我坐在那個老太太家裡還是有種不眞實的感覺，這個青芸應該是存在胡蘭成《今生今世》那本書裡，而我讀那本書的時候感覺很像在讀小說，太戲劇性了，文字又太美好，讓你不覺得那些人物是會活生生走出來的。

駱：其中有幾個場景眞的很重要。比如婚禮場面，竟然那麼寒磣、那麼怪，對比之前這個公案都只有胡蘭成的說法。還有營救胡蘭成的事件。

李：所以我覺得胡青芸才是個「民國女子」。她對叔叔有情有意、無怨無悔，但她在胡蘭成書裡只是一個影子，我就想，至少把她有血有肉地帶出來，甚至是有聲音的。想來好笑，我是個歷史系的壞學生，從沒正正經經寫過一篇論文，竟然因緣際會找到這些材料，本來想自己又不是作研究的寫這些做什麼，但如果不把它寫出來，會覺得既對不起這些材料也對不起青芸。

在《浮花飛絮張愛玲》裡還有一篇和張愛玲不那麼直接有關的〈蘿絲瑪莉〉，寫小時候在鳳山，父親教我唱的一首英文歌，直到幾年前才意外租到《Rose Marie》（譯名《鳳凰于飛》）那部電影，聽到那首主題歌。一放出來幾乎要淚下，因爲父親已經去世很多年了。小時候的一些事到後來由於年代久遠會變得像夢境一樣，會懷疑那是不是眞的發生過，所以當時聽到那首歌是很震撼的。然後又聽到裡面唱的「印地安人愛的呼聲」，想到張愛玲的書裡寫過，驚覺父親當年在上海念復旦大學時，很可能和張愛玲都在上海的「國泰」或「大光明」看過這部電影，甚至兩人可能曾經擦身而過，雖然父親從來不知道張愛玲。所以說《浮花飛絮張愛玲》在這裡可算是家族書寫的一個起頭吧。我讀蘇偉貞的《時光隊伍》，感覺她是把一個私人的悼念變成家族、國族的書寫，還有朱天心的〈南都一望〉和以前的《古都》，則是從國族書寫切入一個家族、私我的悼念。我想，也許我的私我悼念該慢慢過去，是時候開始我自己的家族書寫了。這或許就是你前面說的有待填補的拼圖吧？

我覺得你很厲害，點出我的兩個「面向」：《樂園不下雨》代表的「哀傷的移民第二代」不幸故事的母親；和從早期小說到近期的書寫張愛玲，那個永遠「在途中」的「少女遊魂」。其實這兩個面向本是一體兩面：說故事的移民母親，原型就是那個不斷在遊走的少女，否則她如何會說離家少年的故事？幾乎所有童話故事的原型都是少年離家、「在途中」發生的種種經歷（《樂園不下雨》也不例外）；但他們在學到人生功課（譬如找到寶藏）之後更重要的事是回家，而回家的路往往是更曲折更辛苦的——回家的故事就不再是童話了。我的書寫人生，曾經是漫長的離家之路，現在應該是走上回家之路了。

INK PUBLISHING 文學叢書 159

樂園不下雨

作　　者	李　黎
總 編 輯	初安民
責任編輯	黃筱威
美術編輯	董谷音
校　　對	黃筱威　李　黎
發 行 人	張書銘
出　　版	INK印刻出版有限公司 台北縣中和市中正路800號13樓之3 電話：02-22281626 傳真：02-22281598 e-mail:ink.book@msa.hinet.net
網　　址	舒讀網http://www.sudu.cc
法律顧問	漢廷法律事務所 劉大正律師
總 代 理	展智文化事業股份有限公司 電話：02-22533362・22535856 傳真：02-22518350
郵政劃撥	19000691　成陽出版股份有限公司
印　　刷	海王印刷事業股份有限公司
出版日期	2007年7月　初版
ISBN	978-986-6873-26-3

定價　240元

國家圖書館出版品預行編目資料

樂園不下雨／李黎著：
--初版，--臺北縣中和市：INK印刻，
2007〔民96〕面；　公分（文學叢書；160）

ISBN 978-986-6873-26-3（平裝）

857.7　　96009454

K INK INK INK INK INK INK
INK INK INK INK INK INK IN
K INK INK INK INK INK INK
INK INK INK INK INK INK IN
K INK INK INK INK INK INK
INK INK INK INK INK INK IN
K INK INK INK INK INK INK
INK INK INK INK INK INK IN
K INK INK INK INK INK INK
INK INK INK INK INK INK IN
K INK INK INK INK INK INK
INK INK INK INK INK INK IN
K INK INK INK INK INK INK
INK INK INK INK INK INK IN
K INK INK INK INK INK INK
INK INK INK INK INK INK IN
K INK INK INK INK INK INK
INK INK INK INK INK INK IN
K INK INK INK INK INK INK
INK INK INK INK INK INK IN
K INK INK INK INK INK INK
INK INK INK INK INK INK IN
K INK INK INK INK INK INK
INK INK INK INK INK INK IN